隆明だもの

ハルノ宵子

晶文社

装画・本文イラスト
ハルノ宵子

ブックデザイン
albireo

目次

隆明だもの

じゃあな！

「うちはどこかおかしいのかな？」と、思うことがある。

長年両親の入院などで、毎日のように同じ大学病院に通っていると、病室の前にずらっと椅子を並べ、家族や親戚数人が座っている場面を見る。おそらく（たいがいの場合）ご老人が危篤との知らせを受け、親族が詰めておられるのだろう。2、3日経つと全員が疲弊しきっている様子が見てとれる。失礼ながら、息を引きとる瞬間を「今か今か」と待っているようにしか見えない。最期は家族に手を握られ、号泣され名前を呼ばれながら旅立ちたい——というメンタルは、残念ながらうちの誰にも無い。

では吉本家は、クールな合理主義一家なのかというと、それは違う。どちらかというと〝熱〟すぎて、全員がそれぞれ苦しんだ。では役者の家のように、「親の死に目よりも舞台を優先しろ」という教えを受けたかというと、それも無い。母が病気の時など、それを口実に、父は真っ先に〆切をサボっていた。

父が「今夜がヤマだ」と医師に告げられた夜、私は〆切をかかえていたので、知人の通信社の人たちと、病院の近所で軽く一杯やり、「仮眠した後仕事するから」と、8時頃家に帰った。

深夜1時過ぎ、私は「猫巡回」と称して何があっても、10年以上ほぼ365日続けている〝都市猫〟の観察に出かける。自転車で1周約20分、ふと今夜ばかりは「携帯を持って出るべきかな？」と思ったが、たかだか20分間「何があっても途中で切り上げる自分でもナシ！」と、携帯は置いて出た。

3月のまだ冷たい風を切り、自転車でいつものコースを走り抜ける。後半の下り坂、かつての湧水路が今はもう暗渠となった小川に流れ込む地点、車輪の転がるままその交叉点を横切った時、空気がキラキラと光り外灯が眩しく映った。〝予感〟があったのは確かだった。果たして家に戻ると、病院からの着信があった。

あわてて病院に駆けつけると、誰ひとりいない病室で、父は形式だけの酸素マスクを付けられ、点滴などはすべて外されていた。酸素のコポコポという音だけが病室に響いていた。

「あっちゃ〜…やっちまった！」

でもこれでいいんだ。これまで、どんな大切な猫だって（人間と動物の区別ナシ！）、うっかり病院で死なせたり、路上で事故に遭い無惨な姿で見つけたり——すべては運とタイミング。死の瞬間は誰だって1人なんだ。

「それより、その時お前は本当にお前らしい事をしていたか?」「もちろん!」巡回してきた看護師さんに、「実際には何時頃でしたか?」と尋ねた。「う〜ん…1時25分頃でしたかねぇ」と、看護師さんは日常会話のように言って出て行った。正にあの交叉点を横切った時刻だった。

「じゃあな!」と、いつも通り軽く手を振り去って行く父の声が聞こえた。

もちろんその声は、韓国出張中の妹だって、同じ病院の同じ病棟に入院中の母だって聞いていただろう。

父の手

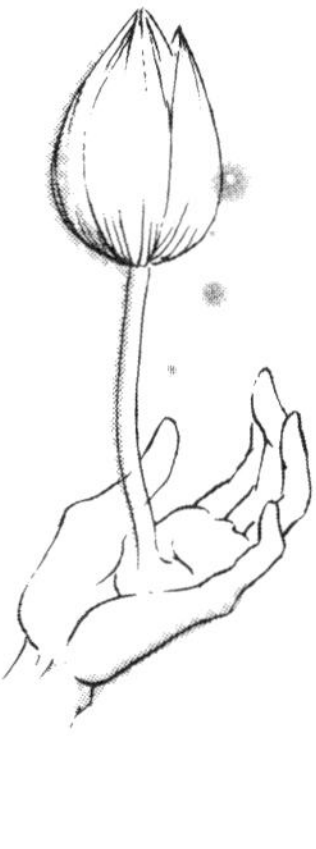

２０１２年１月、父が救急で入院した時、それはもちろん急性期を救うための、帰って来るはずの入院だった。しかし、脱水による重篤な急性腎不全を起こしていると聞いた時、「しまった！　１日遅かったか」と悔やんだ。〝老人〟の体力を甘く見ていた。

だが１日早かろうが、ダメな時はダメだし、遅くても助かる者は助かる運命にある。これは私が長年、山ほどの猫たちの病と付き合ってきた中で得た経験則だった。

その後父は恐るべき生命力で、腎不全の危機を脱した。それがかなり奇跡的だということは、医者に言われなくとも、たぶん私が一番分かっていたと思う。意識は朦朧《もうろう》としていたが、状態は安定している。父の緊急入院から２週間。実はこの時、私自身も他の病院での入院・手術を控えていた。前年乳がんが見つかっていたのだ。〝悪性〟とは言われたが、焦るような種類のモノではないという印象を持っていた。某K医師なら、「放置しておけ」というタイプのがんだろう。しかし私は〝曖昧〟を抱えて生きるのが苦手な性格なので、たぶんそちらの方が精神衛生上よろしくないと判断し、手術をすることに決めていた。ある意味〝好期〟だと思った。父（同時期母も）が入院していてくれた方が安心だし、4ヶ月前に1度手術を〝ドタキャン〟していたので、今回ばかりは、親身になってくれた先生方に、申し訳ないという思いが大きかった。

入院の前日、いつものように父の病室に行った。目は閉じたままだけど、耳はちゃんと聞こえているはずだ。「私も明日から入院だから、最低1週間は来られないけど、私も頑張るからお父ちゃんも頑張ってね！」と言った。寝巻きの袖から伸びている父の手を見た。父の手はきれいだ。節くれ立った私の指なんかより、はるかに細っそりと長い指。彫刻のような手。一瞬よぎったためらいを打ち消し握ってみた。父はギュッと握り返してきた。「あれっ!?」という違和感、そして既視感を覚えた。

それは父の『幸福論』の中の、死の床にある祖母に「もう少し頑張れや」と手を握ったら、「もう頑張れないよ」と、祖母が握り返してきた。自分が握る分にはいいが、握られるのは嫌だな――と感じてしまった。というくだりだったのを思い出した。

私は別に〝嫌〟な訳ではない。でもあまりにも〝新鮮〟な感覚。身体的接触という意味なら、玄関にヘタリ込んだ父を渾身の力で肩に担ぎ上げたこともあるし、ナマ尻を素手で洗ったこともある。ガクガクの頭を抱え「飲まないと死ぬぞー！」と、水分を摂らせようとしたのは入院直前のことだ。幼い頃は肩車もしてもらったし、もちろん手を繋いで歩いたし——あ…なんだそうか！　手と手を繋いだのは、およそ50年振りだったんだ！——と気づいた。

父と私は似た性格だ。お互いベタつくことを避けてきたように思う。抱えたり洗ったりは形而下的行動だが、手を握るという行為は形而上…というより〝想い〟そのものなのだ。初恋の少年・少女の、ぶつかるような一瞬のキスよりも、手を繋いで歩く方がドキドキするような——キミも頑張れ。オレも頑張る。これが最後かも。ごめんな。ありがとう。また会おう。握った父の手には万感の想いが込められていた。

冷んやりとして柔らかく、肉厚な手の平の感触を私は生涯忘れない。次に会ったなら、まず手を握ってみよう。

eyes

２０００年代前半、父の眼はいよいよ悪くなってきていた。「糖尿性網膜症」だ。網膜の中でも、外界から入った光情報が、ちょうど〝像〟を結ぶ〝黄斑〟の辺りに、もろい毛細血管が増殖して、じゃまをしたり、破けて眼底出血を起こすなどして見えなくなるのだ。「加齢性黄斑変性」と、ほぼ症状は同じだが、糖尿はそもそも毛細血管がボロボロなのだから、はるかに進行が早い。

そこに至るまでには、もちろんレーザーで毛細血管を焼いて固定する標準治療や、知人に紹介された病院で、当時最先端とされる「硝子体《しょうしたい》手術」も受けた。なんでも目ん玉の中の水を抜き、眼の裏側まで洗ってから眼球に新しい水を充填する手術だそうだ。「なんか気持ち良さそうね〜私もやってもらいたい」などと無責任なことを言い合ったが、結果は芳しくなかった。中には劇的に改善する人もいるそうだが、ちょっと歳をとりすぎていた――というのが、医者の見解だった。

２０００年代中頃、大阪大学医学部で、網膜の視神経に電気刺激を与えて、視力の回復に成功したという臨床治験の話を持ち込んだ人がいる。何を隠そう、父の全集の責任編集をしている間宮さんだ。父はすぐに「阪大行くぞ！」……ってね〜大阪だよ⁉ それに治験の段階では、いきなり行って「さぁ！ やってください」なんて通用する訳がない。

それでも横着者の父が、大阪行きを即断したのだ。父の〞眼〞を欲する気持ちの強さに押され、まずはかかりつけの病院での検査、主治医に紹介状を書いてもらうなどの煩雑な手続きをこなし、当時阪大の総長だった、鷲田清一氏の口ききもあり、何とか治験まで漕ぎ着けた。車椅子移動の父のため、京都の友人夫婦に、車での送迎をお願いし、阪大の眼科に検査で1回、治療に2回通ったが、効果は得られなかった。やはり糖尿病であることと、高齢であることがネックとなった。

父の絶望は深かった。机やキッチンのテーブルで、ぼんやり考え込む日々が続いた。実際自殺することも頭をよぎったと、何かのインタビューにあったが、父は絶対にそんなことをするキャラではない。転んでもただでは起きないタイプだ。必ず自分で折り合いをつけると信じてはいたが、「お母ちゃん」「多子《さわこ》（私）」「真秀子《まほこ》（妹）」「紀子（父の妹）」と、それぞれの名が書かれたA4サイズの封筒が、本棚の間に挟んであるのを見た時には、何か遺書めいた物が入っているのではと、ゾッとした。

世界はどんな風に見えているのかと、父に尋ねた。すべての物が赤黒い夕闇の中にあるようで、その赤黒さが日に日に濃い闇に沈んでいく感じだという。もしも自分がそうなったら耐えられない。私だって眼を使う仕事で生きてきたのだ。本気で「〝神〟よ！　父の天寿が来る日まで（の限定で）、私の片眼を父に貸してください（あくまでも片眼だけね）」と、ズルイ取り引きを考えてみたりした。

父の阪大通いと時を同じくして、京大の山中伸弥教授がｉＰＳ細胞の作製に成功した。ああ…これだよ！　これで網膜も再生できる日が来る。ＳＦで描かれてきた未来は、手の届くところにある。しかし父の眼には、とうてい間に合うまい。慎重な日本の医学界が、人間の臨床治験に漕ぎ着けるまでには、20年はかかるだろうなぁ…と思っていたが、意外にも早く２０１４年に、網膜症患者への細胞シートの移植が行われ、良い結果が得られていると聞く。父の死後わずか2年。ｉＰＳ細胞作製から10年も経っていない。

こんなもんだ。数十年前まで〝死病〟と言われた結核だって、今は抗生物質で普通に治る。がんだって20年もしない内に、あたり前に治る病気になるのだろう。でも人間の〝時〟だけは待ってくれない。間に合う人、間に合わなかった人、天命と考えるしかない。

どんな折り合いをつけたのか、父の本棚のＡ４サイズの封筒は、いつの間にか消えていた。

混合比率

「お父さんやお母さんの夢を見ることはありますか?」と、尋ねられることがある。

そりゃ見るけれど…たいがいの夢は、「病院の時間まであと15分! お願い早く早く!」でも父はまだグダグダと、布団の上でマッサージなんかしている――などという、焦燥感たっぷり寝汗ぐっしょりの、日常の記憶の断片だ。

西伊豆・土肥《とい》の海水浴場の波打ちぎわを小学生位の妹と、高校生位の私と、父を挟んでしゃべりながら歩いている。見上げる父は50歳台で、毎夏同じのタオル地の紺のパーカー。グレーの海パンからは、漁師のように浅黒く焼けた、筋肉質の形の良い脚が伸びている。一片の雲も無い痛いような青空、夏の盛りの鮮やかな緑の山々。遠浅の細かい砂地に、透明な波が足首まで浸しては穏やかに引いていく。私と妹は、天草に父のルーツをたどりに行く旅の日程の相談をしている。ついでにちょっと散骨しちゃおうかという話になるが、「ダメじゃ〜ん、お父ちゃんまだここにいるじゃん!」と、私は父を指差しパシャパシャと水しぶきを上げ、地団駄を踏んで泣き笑いする。

キッチンのドアを勢いよく開け、母が入って来る。「どんな風になったかと思ってさ」と、母はキッチンを見回す。私はドギマギする。「うわ〜！　無断でリフォームしちゃって怒られるかな」と。母は「あら、案外さっぱりしていいじゃないの」と、気に入った様子なのでホッとする。

「お父ちゃん！　今急に玄関に読者の方がいらしてるんだけど、出られる？」と、奥の客間で寝ている父を起こしに行く。冬の夕方、もう外は真っ暗だというのに、父はまだ床の中にいる。「すみませんねぇ。今起きてまいりますので、もうちょっとお待ちください」と、玄関のお客様にお茶を出す。数分後、父の様子を見に行き「うわっ！」と、のけぞった。

父は布団の上に半身は起こしているものの、とんでもない姿だ。上は長袖下着、下はももひきに5本指ソックス。食べこぼしのシミだらけ、漂白剤で洗いすぎて劣化した穴やボロボロの襟足。確かに私は、できる限り父の自由に任せていた。どんな恰好で訪問客の前に出ようが、私が見栄で取り繕ったって仕方ない。しかしこの日の父は、その破れ目にキラキラペカペカのサバイバル用シートを切って貼り付けていた。いくら何でもそりゃ無かろう！　完璧イカレた爺ィの域だ。「ちょっと待ってて！　新品の下着あったはず」と、押し入れの引き出しを開けるが、中には父の御仏前にいただいた高級な黒塗りのお線香の箱が、ギッシリと詰まっている。ああ…ここはもう整理しちゃったんだっけ。もしかして書斎の洋服箪笥の中に残ってるかも——と書斎に行くが、洋服箪笥は無い。そうか…箪笥は妹に形見であげちゃったんだ。気がつけば書斎には、午後の明るい光が満ちている。玄関にお客様の姿は無い。奥の客間に行くが、父の姿は無い。布団も無い。この家の中には私1人だ。

混じっている…3年も経つのに、まだこんなに混じっている。少しずつ〝前〟の割合は減っていく。〝今〟が増えていく。

それでも私は、まだこの夢から出られない。

ノラかっ

父が亡くなる4、5ヶ月前だろうか。初冬の寒さを感じるようになった頃、2階で母の晩酌の付き合いをしていると、玄関で「ガチャン！」という音がした。あわてて階下に降りて行くと、玄関の石のたたきに父が転がっていた。杖を握りしめ、セーターに愛用の帽子、しっかりベルトを締めたズボン姿。あきらかに異常だ。

この頃の父は、「もうすぐお客さん来るし、頼むから着替えて！」と言っても面倒くさがり、何も無い日は終日下着と、ももひき姿で過ごしていた。まして夜の外出なぞは、目が見えないものだから、付き添いがいようが車椅子だろうが嫌がった。

こいつは——野垂れ死にするつもりで出て行こうとしたな。

助け起こすと、何も映っていない真っ黒なガラス玉のような目をしていた。私は何気ない風を装って、「散歩なら夜は危ないよ。明日ガンちゃん（助っ人）が来る日だから、陽のある内に一緒に行こう」と、努めて明るく言った。

やっとこさ上がりかまちに引っ張り上げ、キッチンの椅子まで連れてくると、セーターとズボンを脱がせ、さっさと〝装備〟を解除してしまった。いつもの下着姿だ。父はしばらく椅子に座っていたが、やがて寝所としている客間に這って寝に行ってしまった。終始無言だった。

情けなくて涙が出た。「お前はノラ猫かっ！　この家はお前にとって、そんなに安心できない場所なのか――」

残念ながら現代社会は、そう簡単に野垂れ死にさせてはくれない。脚が不自由な父なんぞ、玄関を突破したとしても、数十メートル先の大通りに出る前に転んで立てなくなり、通行人にパトカーか救急車を呼ばれるのがオチだろう。〝徘徊老人〟が家や施設を抜け出し、そのまま行方不明になったり、事故に遭う話は後を絶たない。彼等はただ単に、帰り道が分からなくなっただけなのだろうか？　それとも今は無い思い出の地に、帰ろうとしていたのだろうか？

昔から猫は、死を予感すると姿を消すと言われている。動物全般、自分の身体がツライ時には、なるべく外界から遮断された暗くて静かな場所にジッと身を潜め、飲み食いもせずにひたすら回復を待つ。それ故そのまま死んでしまうことも多い訳だが、自分がもうすぐ死ぬなんてことを予測して生きる動物なんている訳がない。そんなのは、余命何ヶ月などと余計な情報を吹き込まれる人間だけだ。動物はすべて、死ぬ瞬間まで生きようとしている。

そろそろアブナイかな…というノラが、軒下の暖房入りの箱にうずくまっている。でもある日力を振りしぼって、1歩2歩と箱の外へ出てヘタり込んでいる。また暖かい箱の中に戻してやる。しかし翌日には、10歩進んだ所で力尽きて死んでいる。

そうだった——出て行こうとするノラ猫を「情けない」なんて思ったことはない。死ぬために出て行くんじゃない。1歩でも2歩でも、自分の力で生きるために行くんだ。

生ぬるい家も家族もいらない。最後には真の自由と孤独の時間を生きるために、すべての老人も出て行くのだと思う。

党派ぎらい

小学生の頃、学校で「赤い羽根募金」の集金があった。先生は別に強制ではないし、金額はいくらでもいいと言うのだが、何となく〝空気〟としては1人100円だった気がする。後日教室で配られた赤い羽根を胸に付けると、子供心にも何か良いことをした証のようで誇らしかった。

家に帰って「ホラ！　赤い羽根」と両親に見せると、2人共「フフフン」と鼻で笑うだけ。「ん？　何だろうこの反応」。良いことをしたのに、「エライね〜」でも「良かったね」でもない。学校で募金があるからと告げると、お小遣い以外の100円を渡してくれたのに、なんだか冷ややかな反応。子供は（動物も）想像以上に親（や飼い主）の反応に敏感なのだ。小学校の低学年だったが、その時の親の反応は、ずっと小骨のように引っ掛かっていた。思えばこの時から、皆で一斉に何かをやる時は、疑わなければいけないんだ——と、感じ始めていたのかもしれない。たとえそれが〝良いこと〟であってもだ。

その頃、いわゆる60年安保の〝党派〟の人たちは、ビルを爆破したり飛行機を乗っ取ったり、浅間山荘事件を起こしたり、鉄パイプで人を殴ったり、国会にしょぼいロケット弾を撃ち込んだりと色々やっていたが、友だちと学校の裏庭に秘密基地を作るなどして、ケダモノのようにワイルドな中学生生活を送っていた私は、「あの人たち良い世界を作ろうとして集まってるはずなのに、何で悪いことばかりしてるんだろ」。程度の理解しか無かった。

高校生になり、演劇部に入った。漫画描きなのに演劇部とは意外に思われるかもしれないが、演劇は脚本を書き構成を考え、監督を立て演じる。つまりは漫画の工程を身体をもって表現するようなもので、そんなにかけ離れていないと思う。1年生の時に3年生の先輩に連れられて、当時六本木にあった「青年座」の役者さんに話を聞きに行ったりした。プロの役者さんに会うのは、ただ珍しく面白く感じただけだったが、ずっと後に「青年座」は左翼っぽい劇団だと知った。思えば先輩は、左派の影響を受けていたのだろう(でも演じたのは「ロミオとジュリエット」とか「幸福な王子」だけだったけどね)。このほんの1、2年の差で、私は60年安保の頃の党派性をまったく知らずにきた、最初の世代だったのだと思う。

その後もまだ東大の前に立看板があったり、御茶ノ水駅前で、赤ヘルにタオルでマスクの学生がビラを配っていたり、通学のバスで「前進社」というナゾのボロっちいビルの前を通ったりしたが、私の青春にはまったく関係無かった。

私が幼い頃から父の所には、そんな〝党派〟の人たちが集まってきた。他の党派同士の人が鉢合わせして〝呉越同舟〟となることもあったが、父は誰の味方でもなかった。意見を求められれば丁寧に答え、時に議論し、酒を振るまいお寿司を取って深夜まで語らった。見つかると公安に捕まるから預かってくれと、ヤバいテープを預かったこともあったらしいが、別にその党派の味方な訳ではない。ただその人が逮捕されたら、家族にとっても切なかろうと、個人として体を張っただけだと思う。皆は父を懐の深い兄貴的存在として慕ってきたのだろうが、父はほとんどの人間を受け入れると同時に、実は誰も許してはいなかった。理由は簡単だ。なぜなら誰も〝ひとり〟ではなかったからだ。

オトナになってから、赤い羽根募金の「フフフン」の意味がよく分かるようになった。まず学校が、あくまでも強制ではないにしろ集団で募金を集める同調圧力。「赤十字」という巨大組織の中に入っちゃったら、お金はどんな使い方をされるか分からないこと。ズルい幹部の人たちが懐に入れ、贅沢な生活をしていたとしても、困ってる人を助けたんだと信じる純な子供たちは、知るすべもない。

「何か善いことをしているときは、ちょっと悪いことをしている、と思うくらいがちょうどいいんだぜ」というのは、父の言葉だったと思うが、もちろんそれは電車でお年寄りに席を譲ったり、重い荷物を持ってあげたりする行為を指している訳ではない。どんなに

〝善いこと〟でもたとえNPOでも、集団で行った場合それは〝悪いこと〟に転じてしまうのだ。また、これは絶対社会正義だからと、同調圧力を振りかざす世間の空気からも〝ひとり〟であらねばならない。「フフフン」の頃から、それを徹底的に刷り込まれた私もまた〝ひとり〟だ。もちろんモノ書きは、1人でやる仕事なので問題は無いが、んま〜！今の世の中とよくぶつかる。

何十年もノラ猫を取っ捕まえては避妊して離したり、保護したりをたった1人で淡々と続けてきたが、〝オレ流〟のやり方に、お役所からもご近所からも、NPO保護団体からも目を付けられる。別に敵対する気はない。敵対関係を作った時点で、こちらも〝党派〟になってしまうので、テキトーに受け流す。次第に協力してくれる〝猫友〟も現れる。そんな人たちが数人いる。もちろん私も手伝う。「ありがとう！助かります」以外の何のやり取りも無い。会合も無いので、〝共謀罪〟なんてヤツも関係ない。

父に刷り込まれたのは、「群れるな。ひとりが一番強い」なのだ。

蓮と骨

吉本家のお墓は、京王線「明大前駅」の築地本願寺和田堀廟所にある。築地本願寺〝墓所部〟のような扱いで、ちゃんと佃門徒用の区画が設けられている。墓石は私ですら、いまだに見落として迷うくらい小さくて、そっけない。

お墓は父の弟（故人）の家が継いでくれている。早い話が、叔母に〝檀家料〟を払ってもらっている。別に父が吉本家をドロップアウトした訳でなく、家を継ぐのは長兄でなくていい——という風習が、南方の海洋民族の血を引く天草の人々には、なんとなく残っているからかもしれない。なぜなら早くに海に出る長兄の方が、海難事故などで、先に死ぬ確率が高かったからなのだろう。

お墓には父の祖父のお骨から、兄弟親戚など、実にアバウトに入っているので、満杯状態だ。「これは早い者勝ちね」などと、納骨のたびに覗き込んでは親戚と話していたが、父の納骨を機会に内部を改築し、曾祖父などの古いお骨は、ザラッと下の土に還した。

宗派によっては、長男夫妻しかお墓に入れないとか、逆に死んでからまで夫や、その両親と一緒にいたくないという妻が、自分1人用の墓所をナイショで決めていたり、樹木葬がいいの海洋葬がいいの、葬式も墓もいらないから直葬がいいの——などの話には、むしろ〝こだわり〟の強さを感じてしまう。

本来の浄土真宗がそうなのか、吉本家が大雑把なのか、生前親類同様の付き合いがあれば、他人でもウェルカムな感覚が、吉本家にはある。〝骨〟になったら〝物〟なのだ。ブツであっても、残された者にとっては思い入れがある。私は納骨の前に骨壺を開けると、ガッサリとひと握りお骨を取り分けた。そして妹一家と、天草の祖父の造船所跡とされる漁港に、数個を撒いた。甥っ子は、じいじの骨を喜んで放り投げ、かじってみた。「身体にいいかもね、純粋なカルシウムだし」と、皆で笑った。

毎夏行った西伊豆の海水浴場にも、泳ぎながら撒いた。96年に父が溺れ死にしかけた堤防の突端からは、「よし！　リベンジだ（もはや意味不明だが…）」と、皆で骨を投げ込んだ。

東京でも私は、ひとりポケットに骨を入れると、浅草から船に乗り、「佃渡しで」のルートで佃の掘割を巡り、ポチャンポチャンと投げ込んだ。父が子供の頃駆け回ったであろう住吉神社の境内にも、パラパラと指で砕きながら撒いた。佃はお祭りの準備の真っ最中で、船宿の前では町内会の宴会が開かれ、お年寄りも若い衆も盛り上がっていた。

父が好んで散歩をした、上野不忍池にも放り込んだ。蓮の花が盛りで美しい。蓮には骨が似合うなぁ…と思った。毎年お花見宴会をした谷中墓地の桜並木にも、そして父が何百回何千回と眺めたであろう、谷中銀座を臨む「夕やけだんだん」の上で、ポケットを裏返し、パタパタと残りの骨の粉をはたいた。そばで黒猫が見ていた。

お寺には悪いが、どんなに催促されても、四十九日以降、一周忌の法要すらしていない。道徳を重んずる人や、厳格な宗派の方々からすれば、卒倒モノの罰あたり行為だろうが、「気の済むようにやってくれや」という声に従う。

もしも熱心な読者の方が、父の縁《ゆかり》の地を訪れてくれたなら、あなたは〝リアル隆明〟を踏んづけているかもしれない。

これが父への最高の供養だと思っている。

あの頃

村上さんが家に来ると、私は必ず「村上一郎文学者〜！」と言って出迎えた。おそらく父が、「やっぱり村上さんは文学者だな」と言うのを聞いていたからなのだろう。

村上一郎をまったくご存知ない世代の方に説明するならば、戦時中海軍青年将校だったのに生き残ってしまった、ざっくり言えば〃ウヨク〃の人だ。三島由紀夫の割腹自決からほどなく、死に場所を求めていたかのように、自刃してしまった人である。

村上さんは週に1度くらいは訪れ、世間話や事務的な話をしては帰って行った。お酒を飲んで乱れた記憶はない。あまり飲まなかったのか、酔っぱらわないタチだったのかは分からないが、いつもクールでシブイ男だった。村上さんは漫画がムチャクチャうまかった。ノラクロや赤胴鈴之助をプロはだしの線で、スラスラと黒板に描いたのが印象的だ。それも〃サヨク〃の代表、島成郎さんの家の黒板にだ。いわゆる「ブント」のリーダー島さんも、あらゆる意味でイイ男だった。まずは色気があった。〃エロい〃と言ってもいい。

精神科医に転身してからも、「女性患者はね、まずオレに惚れさせなきゃダメなんだよ」と言って、はばからない人だった。村上さんとは対照的で、めちゃくちゃ陽気な酒だった。酔うと豪快に「ワハハハ！」と笑った。島さんは、私が幼稚園の頃の〝お嫁さんになりたい人Ｎｏ・１〟だった（ちなみにＮｏ・２は梶木剛さん）。今だって、あんなイイ男はいない！　と思っている。

そんな島さんの家で、私と両親、島夫妻、編集者１人、母の親友〝あっこおばちゃん〟、そして村上一郎さんとで撮った写真が残っている。バックは、村上さんのノラクロと赤胴鈴之助の黒板だ。ウヨクもサヨクも無い。皆最高の笑顔だった。

村上さんが、将校時代の軍刀を持って来て見せてくれたこともある。皆で持ち上げ、「うわ～！　重いんだね」などとはしゃいだ。後にその刃が、村上さんの命を奪うことになるとも知らずに。

島尾敏雄・ミホ夫妻、奥野健男さんと娘の由利ちゃんと一緒の写真もある。どうも私がいじめるらしく（?）、由利ちゃんは、どの写真も半泣き顔だ。三浦つとむさんの大きな背中を〝おすべり〟にしたり、谷川雁さんを「ガーン」と呼んでいたり、多くの伝説の名編集者が出入りし、遊んでもらった。江藤淳さんが、生まれたばかりの妹の頭をなでながら、「いいなぁ～女の子…姉妹っていいなぁ…」と、子供のいない江藤さんは、うっとりと言っていたのを覚えている。

父の全集を読んでくださる方々は、「なんて贅沢な幼少時代なんだろう！」と、思われることだろう。私だってそう思う。しかし、そう思うのは――イヤその前に(父も含めて)、ここに登場した人の名前を誰ひとりとして知らない方が、日本人の99・6%位なのだということを勘違いしてはならないと思う。

あの頃皆、全然エラくなかった。最後まで誰もエラくなかった。ただ自分が、やるべきと信じることを真剣にやっていただけだ。

主義主張が違えば、もちろんぶつかり合う。でも、論争してケンカして「コノヤロ！　バカヤロ！　お前とは絶交だ～！」以上の感情は無かった。今の〝知識人〟と言われるエラい方々は、主義主張が違えば、互いに嫌悪し、憎み、排除に向けて足を引っ張り合う。

あの頃は良かった…なんてボヤく気はさらさら無いが、ウヨクもサヨクも1個の人間として尊重し、存在を認め合っていた。やはり現代は、不寛容なケチくさい時代になってしまったのだろうか。

小さく稼ぐ

ものすご〜く誤解されている方が多いと思うが、モノ書きはおしなべてビンボーだ。ことに父のように、エンタテインメントやハウツー本と違い、読者層が限られる分野だと、まず初版は6000部程度だ。仮に1冊2000円の本で印税が10%として、とりあえず120万円が入る。しかし、あれだけのエネルギー値が込められた本だ。どう頑張っても、新刊は、年に2、3冊が限度だろう。その間増刷があったり、以前の著書が文庫化されても、基本年収は数百万円だ。

父は大学教授などの、定期収入のある職には就かなかったし、講演も主催者側の〝言い値〟で引き受けるので、自腹で遠方まで出向いても、5万円とかテレカ1枚の時もあった。こんな〝水商売〟で、よくぞ家族と猫を食わせてくれたものだと、今さらながら感服する。

父は贅沢品も買わないし、海外旅行にも高級グルメにも興味が無かった代わりに、〝節約〟を嫌った。

女性はあたり前に、小さくなった石鹸を2個くっつけて使ったりするが、父はまだ半分位で捨てていた。もったいないと咎めると、「石鹸くらい好きに使わせてくれよな。こんなの服1着買うのに比べれば、何でもないだろ」と言う。おっしゃる通り、石鹸1個は「どっちのTシャツ買おうかな」の、誤差の範囲内だし、買い物途中のアイスの買い食いにも満たない。戦時中はさんざん暗いのをガマンしたんだからと、テレビも電灯もつけっ放し。ひと部屋が寒いと家中が薄ら寒いと、使わない部屋も暖房をつけていた。みみっちい節約をするよりは快適を選び、その差額分は稼いでやる。という考え方だった。

それでも歳をとり、眼が悪くなり体力は落ち、新刊本は減ってくる。「お父っつぁん、今月は電気料金が落ちませんでした」と報告すると、「そうか〜…こういう時はな…小さく稼ぐに限る」と言う。「してその方法は?」と、私と万能助っ人の舎弟のガンちゃんはぐぐっと身を乗り出す。

「よし! 本を売ろう」という父の答えに、二人して、吉本新喜劇のように大コケしながらも、半月ほどかけて献本分の自著やら贈呈本を整理する。神保町の老舗書店のおやじ様に来ていただき、売っ払うと数万円になる。それを「わーい! ボーナスだ」と、父と私と舎弟のガンちゃんの3人で山分けしてしまうのだから、まったく意味が無い。

でも、ちょっぴり〝心〟が潤う。

節約しない。(贅沢はしないけど)ケチらない——は、〝常識のある方々〟からは、地球環境的にも間違っていると、非難されるかもしれないが、父はお金だけでなく、ムダに思える労力も惜しまなかった。放出したものは必ず循環する。どこかの誰かが、その数百円分で命を救われるかもしれないし、優れた科学者に廻って、さらに環境保護に役立つ研究をしてくれる可能性だってある。

夢物語のようだが、いわゆる「複雑系」を無意識の内にやっていたのかもしれない。それが巡り巡ってか、我が家の経済は（お金はたまらないが）、いつもギリギリ成り立っていた。

あの時売っ払った本が〝神田古本まつり〟に並び、たまたまそれを手に取った学生が何かを感じ、将来父の考えを実践するような人として生きてくれれば、それが一番の幸いだと思う。

めら星の地より

50年近く毎夏通い続け、いつも1週間以上滞在していた西伊豆の土肥だが、2回ほど〃浮気〃をしたことがある。

1度は私が高校受験を控えた夏で、講習などが入り仕方なく、2泊3日で紀伊の志摩へ行った。翌年もなんとなくその流れで、土肥と違う所にも行ってみようかと、父が1人で（ウキウキと）下見に出かけ、決めてきたのが南伊豆の「子浦《こうら》」という町だった。「岩地ってとこもすごく砂浜がキレイだったけど、ここはいいよ！」ということだった。

当時子浦は〃町〃とも言えない位しょぼい集落で、そこに1件あるよろず屋さん的商店が、唯一のランドマークであり〃旅館案内所〃だった。

そこで紹介されたという〃民宿〃が、またゴツかった。トイレはハエやその〃お子さま〃が歩き回り、お風呂はその家の家族が入った後の残り湯で、30㎝ほどしか無くドロドロだった。8畳ほどの決して清潔とは言えない部屋の外には、ドブ川が流れていた。

東京生まれ東京育ちで、お嬢様の母は当然ブチ切れ、そのお宅は1泊で退却となった。

次に紹介されたのは、けっこう広い敷地ののびやかな2階屋だった。その家には、長兄が中学生の3兄妹がいた。私と妹は子供同士、漫画を貸し借りしたり、その話をしたり、親戚のおうち感覚ですぐに打ちとけたが、時を選ばず「ガーッ」とふすまを開けて入って来るガキどもに、またも母はブチ切れた。その家は2泊で終わった。

子浦は奥まった小さな湾の内側にある。対岸には妻良《めら》という、似たような集落がある。妻良までは、湾を挟んで3、400mだろうか。ここにいる間に泳いで渡ってやろうと目論んでいたが、とんでもないことに、クラゲが大量発生していた。ピリピリ痛いフウセンクラゲから、ミミズ腫れができるアンドンクラゲ、刺されたら命も危ないカツオノエボシまで。家族連れのお父さんたちは、一生懸命クラゲを浜にくみ上げていたが、〝くめども尽きぬ〟とは正にこの状態だ。美しい海を目の前にして、膝まですら入れないなんて…自然を前にした人間の無力さを初めて肌で感じた（もちろんこのクラゲにも母はブチ切れた）。荒波は泳ぎきれても、クラゲの海はムリだ。くやしいが、妻良まで泳ぐ計画は断念せざるを得なかった。

天文マニアだった私は、「妻良」という地名に引かれていた。「きっとあそこは〝めら星〟が見える地なんだ」と。めら星は「カノープス（老人星）」というのが、正式な名称だ。シリウスに次ぐ、全天で2番目に明るい恒星なのだが、日本（本土）の緯度ではギリギリなのだ。それが冬の夜中、シリウスの下の水平線上にユラユラと浮かんで見える。そうしたら必ず海が荒れる。きっと大気が不安定になり、水平線下であっても星が大きくゆらめいて見えるのだろう。ここの妻良よりもっと有名なのが、千葉館山の布良だ。方角や地形によっても幅があるだろうが、だいたい同じような緯度にある。南方から来た人々の、北限の漁師の地ならではの星なのだ。

さて…子浦で次に移ったのは、かなり山の上の方の、一応は〝旅館〟と呼べる宿だった。数日間に2度目の〝お引っ越し〟で、妹は疲れ果てて熱を出して寝込み（実はゴンズイに刺されたらしい）、母は2度と浜辺まで行くことはなかった。

暮れ方小さく下に見える子浦の浜で、薄暗いジミな盆踊りをやっていた。初めて聴くようなゆったりとした、ちょっと寂しげな曲調が、風に乗り山まで流れてきた。

父は「佃の盆踊りに似てる！」と、山道を駆け降り見に行った。

東京・佃島の人々は、元は大阪の海沿いにいた。でもその前は、南方から来た海洋民族だ。なぜ父は、子浦・妻良に引かれたのか？

もしかして、父の先祖天草の地でも「めら星」を頼りに、漁をしていたのかもしれない。訪れた客人は、あたり前に家に泊める。特別なおもてなしをするでもなく、普段通りのおうちのご飯を出す。

たぶん父は、DNAに刻み込まれた、おおらかで大雑把な気質や風土すべてを引っくるめて、この地に懐かしさを感じたのだろう。

めら星の
地より

お気持ち

　ある年代以上の人は、カゼをひいた時お母さんに、りんごをすりおろしてガーゼで絞ったジュースを飲ませてもらった経験があると思う。今のようにジューサーやミキサーが一般的でなかった時代だ。あの白い果肉が、なんでこんなにちょっぴりの茶色い液体になってしまうのか不思議に思った。でもその甘い茶色い液体の味は、カゼの時の特別感と共に、母親のいたわりの気持ちとして、記憶に刻まれている。

　そんな甘美な思い出も、私が小学校高学年の頃には母のぜんそくの悪化に伴い、父にバトンタッチされた。

　私や妹が熱を出すと、父はよく卵酒を作ってくれた。しかしそれはヘタクソな人が作ったかき玉汁のように、黄味と白身がガッチリと固く分離し、しかもアルコール分が飛んでおらず、未成年者を死に至らしめかねない、固ゆで卵入り熱燗だった。

　栄養を取らせようと、夜中にクリームシチューを作ってくれたこともある。インスタントのシチューの素が出回り始めた頃だ。父は濃厚な方が良かろうと、説明書の倍量の素を入れるので、塩辛いスライムのような物体が出来上がる。ひと口なめただけでこみ上げてくる。

せっかくあの吉本さんが、心を込めて作ってくれたんだぞ！　と憤るオジ様方も多いと思うが、もしも熱が8度5分あって寝つけない深夜0時に妻にこれを出されたら、「離婚」の2文字が頭をよぎると思うし、お気持ちをくんでチャレンジしたとしても、確実に吐くだろう。実際具合の悪い時にコレをやられ続けた母は、「人がどんな状態にあるのか、想像力というものがまったく欠如している。人の気持ちを慮ろうとしない、独りよがりで傲慢な人間だ」と、父の人間性にまで言及していた。

一方の父は、私や妹が「ゴメン…今日はダメみたい」と、ひと口でやめようが、母に激しく拒絶されようが、強要することもなく、怒るでもしょげるでもなく淡々と片づけ、そしてその行為はまた繰り返された。

父の生前には多くのいただき物をした。友人・知人・読者の方から。お菓子・名産・野菜・果物・お米・生鮮…晩年、父も母もほとんど食べられないし私も少食だ。また複数の方から同じ物をいただく時もある。とにかく仕分けする。友人に配るご近所に配る、日が暮れる。下処理をする冷蔵する冷凍する。箱をたたむゴミを出す、汗だくになる。人が食べる猫が食べる鳥が食べる、それでもダメにする。手を合わせて捨てる。老人の家にこんな大量に…人とかぶるとか想像しないのかな？　と、不遜にも考えてしまう。

　ある日一読者の方からお手紙をいただいた。よくお米や家で採れた野菜や果物などを送ってくれた人だ。それは「自分は吉本さんの長年の読者で、毎年色々な物を送ってきた。でもお礼状の1枚もよこさない。もう吉本さんに送るのはやめて、どこかの施設にでも送ることにする」という内容だった。

「うわぁ…」本当にゴメンナサイ！　でも父は書けないし、私だってその時間が無かったんですよ〜申し訳ありません！　今後はどうか施設にお送りください。その方が間違いなく有効です——という1枚のお返事のハガキすら書けないまま今に至る。きっとこの人の胸には、吉本家は人道にもとる礼儀知らずな家として刻まれたことだろう。

　人が誰かを想い差し出される行為は、無為であることに慣れ切っていた。見返り…少なくとも人は評価を期待するのだ。確かにピントはずれで独りよがりではあったが、父のお気持ちのために費やされた時間も労力も、差し出した時点で完結していた。父は天に還すようにその場で手離していたのだ。

ヘールボップ彗星の日々

1997年にやって来た「ヘールボップ彗星」は、今のところ私の人生で最大の彗星だ。その前のコホーテク彗星も、子供の頃から楽しみに待っていたハレー彗星も、「もしかしてアレかな…?」程度でショボかった。

ヘールボップ彗星は夕方、近所の区役所の25階の展望台から西の空に、はっきりと確認できた。アマチュアカメラマンたちは、西の窓辺に三脚を並べ陣取っていた。

その頃、我が家は最大の家庭崩壊の危機に陥っていた（それまでも何度もあったが）。ヘタをすると今回は、もっと最悪なことが起こる予感すらあった。

とある父の著書——正確に言うと対談本の内容が、母を激怒させていたのだ。私は母より先に読んでいたのだが、「あちゃ〜！　また調子に乗ってベラベラと…こりゃ〜修羅場必至だな」。位にしか感じなかった。私や妹だって、父の著作には何度も傷つけられた。事実誤認はもちろん、やはり家族のことに触れると、どうしたって父親目線・夫目線という〝バイアス〟がかかるのだ。きっと芸人の家族なんて、もっと面白おかしく脚色されたネタとして披露され、こんなもんじゃ済まないんだろうな――とは思うが、我が家の場合腹立たしいのは「吉本の言葉は真実である」と、熱心な読者に信じられてしまうところだ。

その本を読んだ母の怒りと絶望は、私の予想をはるかに越えていた。内容の、とある部分が琴線に触れたのだ。母は自分の人生を全否定されたように受け取ったのだと思う。お定まりの「出て行く!」「イヤ、オレの方が出てくから!」もあったが、父は前年に西伊豆の海で溺れ死にしかけ、それをきっかけに眼も脚も急激に悪くなっていた。母にしたって身体が弱く病気がちで、お互いそんな体力なんてある訳が無い。そして母は、父への最大の復讐として〝自死〟を決意していた。「死んでやる!」なんて宣言する人は、死にやしない。母は静かで人や物にアタることも無く、やけに優しかった。最も危険なパターンだ。私は母の昔からの親友に、こまめに電話して母の胸の内を聞いてくれるよう頼んだり、付きっきりで、毎日のように散歩や飲みに連れ出した。少しでも頭から〝死〟を遠ざけようと、若者や子供が遊ぶようなレジャー施設に連れて行ったりもした。

木蓮の花が美しい季節だった。「ほら見て! キレイよ」と言うと、「そうねキレイね」と、母は微笑む。しかしその横顔は、感情が動かない〝死に囚われた人〟の顔だった。私は諦め始めた。何か大きなきっかけが無い限り、こんなことを続けていても、どうにもならない。

一方父は、心配して電話をかけてきた妹に、「オレたち今度は本当にダメみたいだ」。と打ち明けていた。妹は父に「やっぱ女は宝石だよ！　ダイヤの一つでもプレゼントして、頭丸めてあやまってみれば？」と、実に無責任な家庭外目線にして最強の最終手段をアドバイスしていた。

果たして父は、折りしも4月1日、本当にそれをやってのけた。「プッ！　バカね」と母は小さく吹き出し、プレゼントを受け取った。小さな小さなダイヤモンドのペンダントだった。丸坊主になった父は、祖父にそっくりだった。まぁ…根本的な解決にはなっていないので、その後も〝家庭内離婚〟は続いていたが、父の渾身のパフォーマンスによって、母の感情は動き出した。

その頃ヘールボップ彗星は、太陽の反対側を廻り遠ざかり始めた。夜、家の2階の北側の窓から、その姿が確認できた。極度に近視の母も、かろうじて見ることができた。「ねえ…お父ちゃんにも見せてあげたら？」と、母が言うので驚いた。父の眼は近視と違って網膜症なので、視野が暗くなる。夜の空なんて絶対ムリじゃないかな…とは思ったが、こんなチャンスは無いと、父を呼びに行った。脚も悪くなっていた父は「どれどれ」と、這うようにして階段を上がってきた。「ホラ！　あそこよあそこ！　駒込病院のちょっと左上」と指差す母に、許されたと感じた父は「おう！　そうかそうか！」と、実に嬉しそうだった。父の見えない眼に、ヘールボップ彗星はどう映っていたのだろうか。

まったくもってハタ迷惑で、危うくやっかいな夫婦だ。それでも父は、〝道化〟まで演じてでも母を失いたくなかったのだ。太陽と彗星のように、ものすごいエネルギー値で反発し合い、引かれ合う。そのエネルギーの大きさが釣り合うのは、お互いこの二人以外いなかったのだろう。

次にヘールボップ彗星が巡ってくるのは、２５００年後だ。

ギフト

〝才能〟は存在する。と言ったら、父は間違いなく否定しただろう。すべては継続と修練によって達成されると。

しかし才能は確かに存在する。ただほとんどの場合そのベクトルが違ったり、環境が伴わなかったりして消えていくのだと思う。たとえば体育の授業で、うっかり100mを9秒台で走れちゃったりしても、体育会系が大キライなアニメオタクだったり、生まれついての絶対音感があっても、音楽に親しむ習慣が無く、プロ野球選手を目指してたりする場合だ。しかしその〝才能〟をたった10年間だけ、自分にぴったりの場所で開花させた人がいる。それがうちの母だった。

残念ながら、この家の他の誰もそのテの才能を持たないまま仕事を続けてきた。「そんなバカな！　吉本さんに才能が無かったなんて、戦後最大の思想家だぞ！」と、吉本主義者の方はお怒りになるだろうが、もしも父に才能があったとしたら、それは人並みはずれた驚異的な〝集中力と継続力〟だろう。

母の才能は、文学でも詩でも短歌でもなく、ただ〝俳句〟限定で発揮された。バッサリと事象を切り取り、的確な表現を選択する潔さ。戦争と結核療養所で、常に死と隣り合わせの青春時代を過ごしたことによる、根底を流れるデカダン。また俳句は短いが故、体力を使わなかったのも、開花の理由だろう。

文章の長さは、間違いなく体力に比例すると、私は思っている。ドストエフスキーのように底力があり粘り強いロシア人は、長尺のねちこい大作を何編も書けるし、村上春樹氏は、日常的にストイックに身体を鍛えているからこそ、あれだけの小説の書き下ろしができる。妹などは、おそらく1冊書き下ろしたら、しばらくは「ハァハァ」だろうし、父だって『共同幻想論』を始めとする難解代表3部作は、若い頃書かれた物だ。私なんぞエッセイ位で、せいいっぱいだ。

父は50代の頃、やたら七夕祭りに力を入れていた。おそらく宮沢賢治の「星祭り」を連想させるからだろう。自分で笹を買って来て、折り紙を切って輪っか飾りを作り、不器用にタコ糸を通した短冊を渡され、何か書けと言われる。私は「家内安全」とか「祈・阪神タイガース優勝」などと、テキトーに願い事を書くだけだったが、父と母はよく「星祭り」をお題に、俳句合戦をやっていた。父は苦吟しながらやっと1句をひねり出していたが、母はその場でサラサラッと、2、3句を短冊に書いてのけた。

伝承の祭り団地の窓にあり

「アレッ？　もしかしてこの人って…」と、印象に残り忘れない。父の句は〜…ゴメン！悪いけど1句として覚えてない。理屈っぽすぎて、パッと見光景が浮かばないのだ。俳句としては致命的だろう。

母は父が西伊豆で溺れ死にしかけた年から、何かがふっ切れたように誘われるまま、同人誌で俳句を始めた。吟行も句会もやらない地味でそっけない同人誌だが、メンバーは錚々《そうそう》たるベテラン俳人ばかりだった。

母は結婚する時、父から「もしあなたが表現者を志しているのだったら、別れたほうがいいと思う」と言われ、それまで書いていた小説をやめた。一家に2人表現者がいたら、家庭は成り立たないということだ。別に「女は家庭に入り、家事さえやっていればいい」という意味ではない。実際身体の弱い母に代わり、ほぼ8割方の家事は父がやっていたと思う。車谷長吉氏の妻、高橋順子さんも書いておられたが、〝家の中に虎が2匹いる〟ようなものだ。家庭は修羅場となってしまう。

母の俳句を見て、「うわぁ〜！」と頭を抱えた。毎月10句のところを20句位は作ってきて、私に「選んで」と言う。どれも結構な水準の句だった。のびやかにコントロール不能の奔放な才能を持て余す、あの少女時代の浅田真央ちゃんみたいな感じだ。まずこれは、世の人の目に触れなければもったいないし、セーブしなければ〝ケガ〟もする。と、私がコーチ兼マネージャー的な役割を引き受けるハメとなった。

母の句の特徴は、生と死、現実と幻想の境界が無いところだ。

夭折の霊か初蝶地を慕う

沖暗し雷光にまぼろしの艦を見し

桃買いに黄泉の比良坂下りいる（実はコレ大切な猫を亡くした時の句なんだけどね）

そして第1句集の『寒冷前線』が、齋藤愼爾氏の深夜叢書社から出版された。まぁ、父は「下積みも無いドシロウトのくせに、こんな豪華な本出しやがって」。と、面白くは思ってないはずなので、喜んで読んではくれまい。とは思っていたが、「奥さんがあとがきで、結婚したいなら表現をやめろと言われたって書いてましたぜ」。と、かなり盛って父にご注進してくれた人がいたようだ。父は怒り、私は「それは誤解だよ！　子育ても表現の内かなって、まったく悪い意味では書いてないし、俳句もかなりのレベルだから、とにかく読んでみてよ！」と説得したが、父が句集を手に取ることは無かった。

本当に困る。父の周辺には、このテの〝盛る〟輩があらゆる場面で出現した。別に素生の悪い人ではなく、普通の編集者だったりするのだが、おそらく嫉妬ややっかみだろう。

この場合は、齋藤愼爾氏が嫉妬の対象な訳だ。そのたびに家庭内を引っかき回されるのだから、たまったもんじゃない。芸能人や有名スポーツ選手なんかが、コレで家族断絶となったり、お金を騙し取られたりするのも、分かるような気がする。父はもちろん第2句集の『七耀』も、見ることは無かった。

母は最期まで、決して〝プロ〟ではなかった。自分で創作活動を管理できない、才能を持ったアマチュアのままだったと思う。その意味では、父が母を表現者として認めなかったのは理解できる。

2007年、とある地方の同人誌から依頼され、母は数句を投句した。ある日、母はさりげなくその同人誌を「ほら、読んでみて」と、父に手渡した。意外にも父は素直に受け取り、(その頃にはかなり眼が見えなくなっていたので)拡大機で時間をかけてそれを読んだ。そして「フフン、お母ちゃんもいっぱしの俳人になったじゃないか」。と、同人誌を母に返した。一瞬母の顔がパッと輝いた。

しかしその時を境に母は壊れた――と、私は思っている。心身共に…つまりオリンピックで金メダルを取った選手が、目標を達成してモチベーションを失ったかのように、私には思えた。その後だって、もちろん句作は続けていたし秀作ではあるが、以前の〝ひらめき〟のようなものは失われた。数は充分にたまっていたので、齋藤さんは第3句集を出そうと言ってくれていたが、私は容赦無いマネージャーなので、それに相当するレベルの句は、そこまで無いから――と、やんわりお断りしたまま、母は骨折を繰り返したりしつつ老いて弱り、逝ってしまった。

父に〝表現者〟として認めさせた時点で、母の目標は達成されたのだ。

結婚する時、表現をあきらめざるを得なかった、これは母の命がけの壮大なリベンジのようにも思えてくる。

父が認めた句の中で、最高峰だと思っているのがこの句だ。

あとがきは海市の辺より速達で

空の座

ヘンな話、うちの家族は全員がちょっとした〝サイキック〟だ。

母と妹は特に、シンクロニシティーや予知夢など、分かりやすい能力に長けていた。妹もエッセイなどに書いているので、ご存知の方も多いと思うが、妹と私の間には〝食べ物テレパシー〟がある。妹一家が来るというので、グリーンカレーを作っていると、「あ！今日ちょうどタイ料理食べたかったんだ」といった具合だ。これは不思議でも何でもない。我々の祖先、あるいは今もジャングルに暮らす部族の女たちが、「あ〜もういい加減トカゲ以外の物食べたいな〜」と思っていると、男たちがサルを仕留めて帰って来るというような太古の能力だ。しかし、これにはビミョ〜な誤差が生じるのを避けられない。「今日は鴨南蛮作ったよ！」と言うと、「あ〜…お昼に鴨南蛮食べなきゃよかった〜」と、3食豊富な選択肢がある現代では、むしろ逆効果だったりする。

父の場合は、ちょっと特殊だった。簡単に言ってしまえば、〝中間〟をすっ飛ばして「結論」が視える人だったのだ。本人は自覚していなかったにしろ、無意識下で明確に見えている「結論」に向けて論理を構築していくのだから〝吉本理論〟は強いに決まっている。けっこうズルイ。

しかしこれも、現代の脳科学ではある程度解明できる。バラッと撒いたおはじきの数を一瞬で「124個」とか、2000年後の今日の曜日は？「火曜日」などと答えられる人が、確かに存在する。〝高機能自閉症（サヴァン症候群）〟などと呼ばれる人たちだ。それに近い脳の働きを父は持っていたのだと思う（もちろん他の様々な要素もあるには決まっているが）。おそらくこういう人たちは、あらゆる時代・世界各地で、特別な存在として高僧や長老、ある時は予言者などと呼ばれてきたのだろう。

父の最後のインタビュー集となった、『フランシス子へ』という本がある。父の愛したフランシス子という猫の話がほとんどだし、行間スカスカの、童話のような詩のような本だ。ホトトギスは実在するのか？　浄土ってあるのか？　などと、とりとめもなく話は流れていく。昔からの読者や吉本研究家の方々などは、「あ〜あ…吉本もついにボケちゃったか」と、読み飛ばされたことだろう。

しかしこれは、かなり特異な本だと思っている。すべてが削ぎ落とされ〝素〟になってきた時期なので、父の考え方の構造が透けて見えるのだ。本を作ったのは、たたずまいも美しい女性編集者と女性ライターの2人だった。「私たち吉本さんのミーハーファンなんです」と言い切る。いい本・売れる本を作ってやる！　などという野心も欲も邪心も無く、ただただ父の次の言葉を聞きたい一心で、問いを投げかけていた。父も心を開いて語りを楽しんだ。疑っていたホトトギスの声を彼女たちにスマホで聴かせてもらい興奮気味の父の様子は、本のラストにも書かれている。

　父が亡くなった後も、彼女たちとは時々我が家で集まる。「ホトトギスがいるって分かっていただいて、本当に良かったです！」と、話は盛り上がる。

　では、果たして〝浄土〟はあったのだろうか――「今はもう、吉本さんはお分かりなんですよね」と、彼女たちは空になった父の座椅子を見つめながらつぶやく。

花見と海と忘年会

懐しく愉しく思い出すが、苦い思いも残るのが、吉本家名物のイベントだ。

お花見も、父が溺れたことで有名な西伊豆・土肥の海も、最初はうちの家族と、春秋社の編集者だった小関夫妻だけだった。小関さんの妻Mちゃんとは今でも親友だが、当時のMちゃんは「なおしさ〜ん」などと、夫しか目に入らない大甘々の新婚さんだった（今では信じられないが）。その内長男が生まれ、お花見は長男をベビーカーに乗せたまま、谷中霊園の桜の樹の下でやった。当時は夜にシートを敷いてお花見をやるバカは、他にはいなかった。

80年代に入ると、父の仕事がらみで親しくなった、共同通信（当時）のI氏や糸井重里さんなども加わった。それぞれ家族や友人を連れて来るようになった。母も私も妹も、友人を誘うようになった。人数は20数人になっただろうか。そこまでは自然の流れだったと思う。酔っぱらって人にからんだりして、追い返された青年もいたし、気が大きくなったのか、父に思想的な食い違いをぶつけて議論となり、自ら絶交を言い渡してきた仏文学の先生もいたが、それは昔から酒の席ではよくあることだった。

土肥の海では、小関のMちゃんは私以上に泳ぎがうまかったので、2人してどしゃ降りの海で泳ぎ、「どうせ濡れてるのに、なんで皆上がっちゃうんだろうね」と、海水浴場を独占した。「あ〜危ない〜！」と、服のまま堤防の上から（わざと）落ちて、夜の海を泳いだりした（良い子は決してマネをしないように）。手指の先で夜光虫が、キラキラと青く輝き散っていった。

いつしか土肥の海は、沖に〝離岸堤〟なる防潮堤ができ、はるか沖までの茫洋とした眺めは失われた。それでも離岸堤の上で昼寝したり、潜って魚を見るのは楽しかった。

しかしその内、浜辺にライフセーバーが常駐するようになり、Mちゃんと私は、ライフセーバーをからかいながら、遊泳禁止ラインを突破して沖まで泳いだりしたが、結果父が呼び出され、ペコペコあやまっていた。

後に父が溺れたときには、ライフセーバーの適切な処置により命が救われ、今度はこっちがペコペコと頭を下げるハメになったが。

糸井さんが土肥の海に2歳の娘さんを連れてきたのも、80年代前半だった。娘さんをおんぶして、海辺の防波堤の上を宿まで帰る途中で、娘さんのサンダルを片っぽ落としてしまった。糸井さんはバブリー真っただ中だったし、「いいよいいよ！　また買うから」と言ったが、「必ずあるから！」と、捜しに戻って見つけた。

その時の糸井さんの「あ、ありがとう」と言った顔を覚えている。これを言葉にしてしまうと不遜だが、「あれ？　ここではフッーの人として扱われるんだ」という表情だった。

その娘さんも、今やお母さんになった。時の流れは怒涛のようだ。

その内、自然と集まっていた友人が、そのまた友人や知人を連れてくるようになった。人数は膨れ上がり、忘年会の会場を探すのも、ひと苦労だった。当時はネット検索も今ほどの精度ではなかったし、50人位が入れそうな店も、まずは自分で食べに行き、味や雰囲気や価格も、それなりにイケる店を探した。

その頃から誰かのまた友人やら、「吉本に会わせてやる」なんて感じで、まったく知らない人なども参加するようになり、父に名刺を渡したりしていた。思想的に相入れない人同士もこれだけの人数だと離れて座りゃいいし、私は〝雑把〟な人間なので、「いいじゃん呉越同舟で」と思っていたが、父に「キミ、それは違うよ」と言われた。

確かにその頃から〝歪み〟が出始めたと思う。共同通信のH君が会費徴収係をやってくれていたが、いつも足りない。会費を払わずに帰ってしまう人もいたようだ。まぁ、酔っぱらっているので、つい忘れて帰ったり、「オレがまとめとくよ」なんて言って、人数を間違えたりしたのかもしれないが。

土肥の海でも、シングルマザーで娘2人を育てた友人Yさんと（Yさんは宿泊代だけは、きちんと払っていったが)、難病なのに、これらのイベントだけを楽しみに来るM君だけは、前もって「払ってやってくれ」と、父に頼んでおいたが、な〜んかいつも宴会代を踏み倒してくヤツがいたようだ。

「土肥で吉本に会わせてやる」的に誘われたであろう、(スゴイ迫力だし、うまいんだけど)弱小劇団のご夫妻が参加した時には、さすがに「それはダメだろ〜!」と思ってしまった。弱小劇団がどんだけビンボーなのか、どれほど無理して来てくれたのか。吉本さんの話を直に聞ける——ことが、負の作用を及ぼし始めている。

宴会中に、父の話を録音しようと、机の下でこっそりと、レコーダーを回す人まで出てきた。「おい! それは止めろよ。ここはプライベートの場だぞ」と、共同通信のI氏に注意されていたが。

しまいには、自殺者が2人出てしまった。その1人は、シングルマザーYさんの長女だった。スピリチュアル的観点から言えば、人々の欲がからんだ歪みとでも言おうか。2人共ちょっと精神的に病んでいたし、プライドの高い(割には自己肯定感の低い)女性だった。つまり過敏な彼女たちは〝炭坑のカナリア〟のように、その毒や酸欠感をくらってしまったのだろう。

論理的に考えるならば、そのプライドの高さ故に、私は〝有名〟な人たちと、こんなに〝ダメ〟で付き合っている。でもその実、自分は〝某(なにがし)〟でもない。という思いに苛まれたのかもしれない。「いいのに！　普通に生きてる人が一番エライって、父も言ってるじゃん！」と、分かって欲しかった。

ちなみに難病のM君も、弱小劇団の団長も、病気で早死にしてしまった。

今、90年代前半の集合写真を見ると（まぁ父や母は相応の歳なので仕方ないが）、あまりの死亡率に笑える（笑っちゃイケナイ！）。

それでも良かったなと思えることは、たくさんある。40代で亡くなったM君は、10代の頃、当時漫画同人誌の会長だった私を頼って、家出同然で熊本から出て来てしまったのだが、彼の死後上京されたお父さんから、「息子は、こんなりっぱな方々とお付き合いさせていただいて、まったく私の知らない世界を見ることができたんだなぁ、と満足です」と言われて恐縮した。イヤイヤ！　そんなもんじゃないんですけど。お父さんに、そう思っていただけたのなら、むしろこちらの方が光栄です。まったくM君から、ご家族の話題を聞かなかったが、市井《しせい》の素晴らしい人だった。

〟ご縁〟ができたのも面白い。な〜んでか、土肥の宴会で、たまたま隣に居合わせた編集者の2人が、気が合って結婚してしまった。男女共に、異常に独身率の高いこの集団は、「え〜っ！　何で初対面なのに、あの2人が？」などとやっかんだ。

大手出版社の人に連れれて来られたフリー女性編集者とは、時を同じくして大切な猫を亡くしたばかりで、お互いシクシク泣いてたりしたのがご縁で仲良くなり、後に『それでも猫は出かけていく』として本になった、『猫びより』での8年間にもわたる連載のきっかけとなった。父母の介護、看取りまでの時期と重なったが、命がけでただ連載を書き続けることだけに、しがみつき手放さなかったお陰で、私は今でも書くことができている。

もうひとつは、『吉本隆明全集』の始まりなのだ。知り合いの書店の人に、２０００年代始め頃の忘年会に連れて来られたのが、現「晶文社」の社長なのだ。

当時は「めるくまーる」の営業だった。宴席で父に挨拶に行くと、「めるくまーるは、いい本を出してます。頑張ってください！」と、手をギュッと握ってくれたという。その頃社長は、会社もうまく立ち行かないわ、女にはフラれるわで、かなり落ち込んでいたらしい。「その温かくてやわらかい手の感触を今でも忘れない」と言う。私より1歳年下なので、決して〝吉本世代〟ではない。正直それほど父の著作を読んでいる訳ではない（ゴメンね〜またディスって）。しかし、その時の父の手の温かさだけを拠り所として、多くの誹謗中傷に立ち向かいながら出版を決断し、艱難辛苦《かんなんしんく》の波を乗り越えつつ、何とか続けてくれているのは、ありがたい。これは父が呼び寄せた、ご縁としか思えない。

２０００年代後半になると、父は脚と眼の弱りがひどくなり、母も骨折をしたりして、すべてのイベントは立ち消えとなった。谷中霊園も、お花見客のあまりのマナーの悪さに、シートを敷いてのお花見は、禁止となった。土肥の海も、監視や規制がますますキビシクなり、遊泳区域のロープにつかまるだけで、ライフセーバーが飛んで来る。まるで市民プールで泳いでいるようだ。昔はゴージャスな刺青入りの集団も、のびのびと泳いでいたが（家族連れの、感じのいいおっさんや兄さんたちだったのだが）、皆排除されてしまった。

時は確実に流れていく。皆さんお歳を召したので、たまにしか会わないし、ちょっとしたすれ違いから、疎遠になってしまった人もいる。「昔は良かった」なんて言いたくはないが、どう考えてもツマラナイ時代になった。

あの頃イベントに参加してくれた人たちが、「いい思い出だったなぁ」と、あの世まで持って行ってくれれば、それはそれで意味のあることだったと思う。

'96 夏・狂想曲

8月がやってくる。イメージすることは、人それぞれ違うだろう。近年の異常な酷暑、宿題にうなされた夏休み、終戦の8月。しかし私にとっての8月は、1996年の8月だ。ご存知父が、西伊豆の海で溺れた夏だ。

昔の出来事を思い出す時など、「あれは確か溺れるより前だから〜…」と、吉本家の歴史において〝戦前・戦後〟のように、ランドマークとなった。

いつもと変わらない、宿での朝だった。父は朝食を終えると、食休みもそこそこに、海パンに着替え、Tシャツとパーカーをはおって、1足先に海水浴場に出発する。吉本家が滞在する数日間に合わせ、この期間宿は、友人知人その家族で、どの部屋も埋まり、合宿所のようになる。父は皆のために場所取りをし、ビーチパラソル2、3本を借りて、海水浴のベースとするために早く出るのが、慣習となっていた——というのは表向きで、どこにいても知った顔（家族も含め）に囲まれている空間を離れ、つかの間の1人だけの時間を味わいたいからだろう。

母と遅れてブラブラと、いつも泳ぐ場所に向かう。いつもの場所は、宿から数百メートルほど歩く。「いつもの場所で」と言えば、どの家族も三々五々、そこに集まる。途中救急車とすれ違った。中央の浜の辺りに出られる、狭い裏道だ。「誰か溺れたのかね〜」「あんなプールみたいなとこで、子供かね〜」などと、母と話した。

いつもの場所に着くと、友人たち数人が、ジリジリと焼ける砂浜に、所在なげにつっ立っていた。「あれ？　パラソルは？　お父ちゃんは？」と聞くと、まだ着いていないようだと言う。おかしいな、1時間以上前に出ているのに。絶対途中の砂浜で、グースカ寝てるものと、浜辺を捜しながら歩いて戻ってみた。見当たらないので、いつもの場所に戻ると、皆の間に1人の若い警官が立っていた。「何だ？　誰か何かやらかしたのか？」と思った。「さわちゃんコレ分かる？」と言われ、警官の差し出す物を見ると、それは上顎の総入れ歯だった。警官は「これはこちらのお爺さんの物ですか？」と言う。「は？　お爺さん？」うちにはお爺さんはいないぞ…ああ、そうか！　人から見れば、ありゃりっぱなお爺さんだ。「父のことですね？」とは分かったが、初めて見た。こんなりっぱな総入れ歯を入れていたのか？　だとしたら、たいした見栄っぱりだ。家族にすらナイショにしてたなんて。警官は「そうですよね。人の入れ歯なんて、じっくり見ないですもんね」と、そこで初めて荷物を見せた。いつも父が浜に持って行く巾着袋だ。小銭入れやタオルが入っている。

父は中央突堤の先端付近で溺れたのだと言う。あの泳ぎ上手が？　あんな浅い海で？　にわかには信じられなかった。しかし目の前にある荷物は、間違いなく父の物だ。おそらく小銭入れの中に、診察券が入っていたので特定できたのだろう。それで海の家にでも聞けば、「ああ、あそこにいるグループですよ」と、すぐ分かる。父は、救急病院に搬送されたと言う。よもやさっきすれ違った、救急車で運ばれて行ったとは。

母と私がパトカーに乗り、先に病院に向かうことになった。パトカーに乗り込もうとした時、上空にヘリが飛んできた。「今日は天気がいいから、航空写真かな？」と、思った。海水浴場の上をやたら低く飛ぶ。遠くに2機3機と飛んでいる。「まさかね」と思っていたが、その〝まさか〟だった。

救急病院なら長岡方面かな？　と思っていたが、意外にもパトカーは、海岸線を南下して行った。パトカーの後部座席で、母と「あんな浅いところで溺れるなんて、何があったんだろ」「まさか突堤の先端から飛び込んで、頭打ったとか…」などと話した。そこは大潮の時などは、大人なら足が着く位、浅い砂地なのだ。生きてるのか死んでるのか、警官にも詳しいことは分かっていない。しかし、溺れて意識不明になっているのだ。生きてたとしても、絶対に脳は何らかのダメージを受けているはずだ。以前のような仕事をするのは、もう難しいだろう。もしかすると、寝たきりになるかもしれない。子供の頃から何度も通ったことのある、伊豆西海岸有数の美しい海岸線の光景なのに、書き割りのように立体感を失って目に映った。

海水浴場から数キロ南のクリニックに着いた。警官が受付で尋ねると、父はここで気管挿管などの応急処置を受け、さらに先にある病院に移送されたという。そこから10数キロ南下した町にあるその病院は、西伊豆としては大規模と言えるだろう。一応ＩＣＵもある。父との面会許可待ち、そして後発の妹の到着待ちの間、上空を盛んにヘリが飛び回っている。運び込まれた病院の画が欲しい訳だ。なんてヘリのムダ遣いなんだ！　よくテレビニュースで、容疑者が釈放された際、乗り込んだワゴン車を上空から撮った画に匹敵する位の、ムダ画像だ。しかし父をあなどっていた。明日新聞のすみっこに、一介の物書きジジイが、西伊豆で溺れたと、小さく載る程度だと思っていた。ヘリは報道部長クラスが、「よし、飛ばせ！」と言えば、すぐに飛んじゃうんだ。と、後に共同通信のＩ氏が言っていた。つまりは、そのクラスが皆〝吉本世代〟だったと言う訳だ。ニュース速報まで流れたなんてことも、後で聞いた。

妹と合流しＩＣＵに行くと、父はもう気管の管も抜かれ、翌日には意識は戻った。ここで母が父にかけた第一声が、「カッパの川流れね！」だったことは、妹も何かに書いている。容赦ない夫婦だ。

翌日は、さらにものすごいことになった。マスコミ数社が、宿までやってきた。ここは本当に交通の便が悪いのだ。たとえば東京からだと、このハイシーズンに全行程車で、と言うのは得策ではないので、三島までは新幹線、そこからタクシーを飛ばしたとしても、2時間近く（当時）かかるはずだ。それを午前中から大勢で、ご苦労なこった。

宿の玄関先に詰められても、お客やご近所の迷惑になる。すると10数年来の常連、共同通信のI氏がスポークスマンを買って出た。手早く各社の質問に答えると、ものの数分で、記者たちをさばいてしまった。皆でほめたたえると、「イヤ〜オレはマスコミの習性をよく知ってるだけさ」と照れる。正に〝蛇《じゃ》の道は蛇《へび》〟だ。しかし海へ出かけるところだったので、海パン一丁、上半身裸で日焼け止めを顔にも身体にも、真っ白に（しかも斑に）塗りたくった姿で、記者の囲み取材を受けている様子は、見モノだった。妹も宿の前で、にこやかに微笑んで（いいのか？）写真を撮られていた。マスコミは、それで満足して、あっさりと引き上げて行った。

ところがその後、思いもよらなかった事態に見舞われた。昨日のニュースを見て、〝心配した〟読者の方々が、続々と宿を訪れてきたのだ。宿の若旦那は、その都度うちの部屋に、ロビーに通しても良い人なのか、確認を取ってくるが、私など会ったこともない人がほとんどだし、名前すら知らない人がいる。しかし母は記憶をたぐり寄せ、「ああ、それは『試行』の読者の方ですね」などと特定できる。さすが長年『試行』の事務を一手に引き受けてきただけのことはある。

ロビーでお会いし、お礼を言い今の状態を説明する。しかし人によっては、何年何十年と会っていないのだ。すぐに話は尽きる。冷房も無く、ボロいソファーが4つしかない、名ばかりのロビーに(スミマセン！　もう親戚扱いなので)、手持ち無沙汰な人々が、たまってきた。読者同士、お互い自己紹介なんかして、なんだか〝吉本ファンの集い〟みたいになっている。皆さん口々に、「矢も盾もたまらなくなって」とか「何かお役に立てることがあれば、と思って」と、おっしゃる。お気持ちは、本当にありがたい！　よく分かる。私だって敬愛する人が事故に遭い、生死の情報すら分からなかったら、同じ思いがよぎるだろう。しかし、すぐに想像を巡らせやしないか？　普段会ってる訳でもないし、頻繁に電話や手紙のやり取りが、ある訳でもない。相手方の生活や状況もよく分からない自分が駆けつけたって、家族のじゃまになるだけだ。家族もバタバタしていることだろう。ここは静かに情報が入ってくるのを待ち、落ち着いた頃に連絡してみよう——と。友人たちや、妹ですら、〝自粛〟してても何の役にも立たないと、泳ぎに行ったというのに。

ロビーを占拠していては、宿の迷惑になるので、結局母が「遠いところをわざわざ来ていただいたんだから、お昼でも」と、町のお寿司屋さんに連れて行き、ごちそうするハメになった（もちろん私も付き合わされる）。同じことは連日続いた。時間を見つけて、1回でも泳いできたかったのに、お陰さまで最後まで拘束された。「オレの夏を返せ〜!!」と、夕陽に向かって叫びたかった。

熱心な吉本読者には、往々にしてこの傾向がある。オトナじゃない（イヤ、ちゃんと社会性のあるオトナの方々がほとんどだが）。想像力と距離感が欠如している。そして〝いい人〟なのだ。だから、その〝気持ち〟だけは、ありがたくいただいておく。その上で言わせてもらっている。私はこのテの読者のおじさんたちを〝ガキの使い〟と呼ぶようになった。

しかしこの夏の出来事は、たいへん大きな教訓となった。父が溺れた程度（？）で、こんな騒動になるとは、さすがに私も、想像だにしなかった。もしもこれで、父が死んだりしたら、どの程度のことに、いつどんな順番で見舞われるのか、予備知識ができた。

時代というものがある。実際に父が亡くなった時には、〝吉本世代〟もかなり歳を食い、以前ほどの〝瞬発力〟は無くなっていたが、私はこの夏の経験を生かし、お陰さまで、首尾よくやり過ごすことができたのだ。

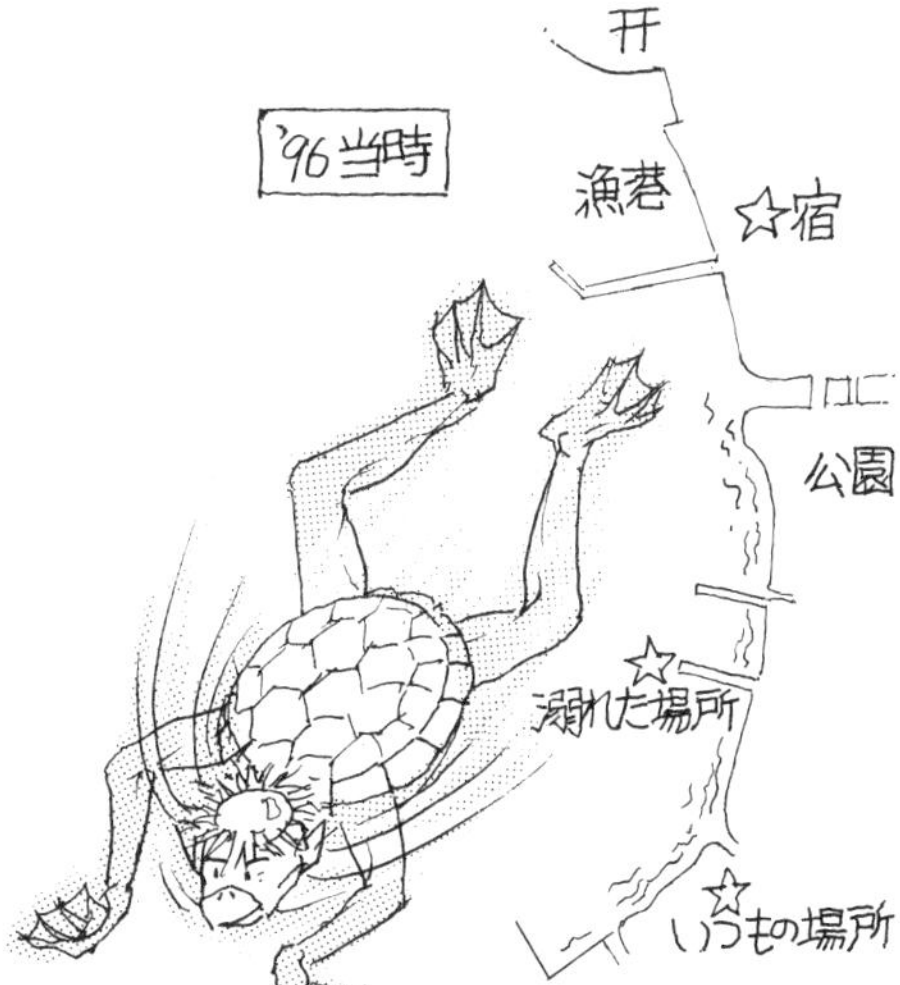

幻の機械

父の仕事を考えた時、やはりどうしても〝溺れる前と後〟になってしまう。溺れる前は、ざっくり言ってしまえば、思想を構築して発表するのが、仕事だった。いわゆる初期の〝三部作〟を始め、『書物の解体学』『最後の親鸞』や『マス・イメージ論』『ハイ・イメージ論』など、読んでないヤツはモグリ（私もモグリだ）の、思想の書は、すべて溺れる前だ。

詩はいつだって根底にあった。父の書物は、すべて詩に見える——と言ったら、私は頭のヘンな人だろうか。初期の正に人々を凍らせ、未来ある若者をドロップアウトに引きずり込むような、瑞々しくも暴力的な詩のことばは、なりをひそめても、詩と科学と霊性が、父の思想の地下水脈なのだ。

対談や講演も、精力的にこなしていた。お声がかかれば、日本中どこへでも出かけて行った。交通費が自腹でも、講演料に注文や文句をつけることも無かった。

父の講演を熱心に追いかけて、収集された編集者がおられるが、それでも洩らした講演があると思う。それほど細かい講演も多かった。余談だが、その数の多さに、糸井重里さんが戯れにギネスに申請してみたら、ナント通ってしまった。なのでうちには、あの有名なギネスの認定証があるのだ（本棚のすき間に、つっ込んであるけど）。

自ら取材に出歩くことも多かった。ことに『ハイ・イメージ論』の時は、都市の写真を撮って廻った。母や私も、街で狙い目の構図かな？と思う場所を見つけると、父を案内したりした。カメラは以前から好きで、高価なカメラやレンズをたくさん持っていたが、いかんせんヘタだった。もっとも芸術写真じゃなくて、資料写真だからいいのだろうが、被写体が何だか分からない写真も多い。

90年代前半、父は良く動き良く食べた。そして痩せてきた。これは決して健康的に痩せたのではない。対談や講演などで、外食の機会も多かったし、忙しいから自分に〝ストレス食い〟を許し、あまりに度が過ぎる隠れ食いのひどさに、口うるさかった母もサジを投げ、この頃の父の食事管理は、無法地帯となっていた。それで糖尿病を悪化させ、痩せてきていたのだ。糖尿というとメタボのイメージがあるが、いよいよインシュリンが働かなくなると、自分の筋肉や脂肪を食いつぶし、どんどん痩せていくのだ。かなりのピンチだったと思う。逆説的に言えば、もしもあの夏溺れなかったら、父は早晩腎臓をやられ、透析となり、短命に終わったと思う。

溺れた原因も、私は低血糖だと思っている。糖尿病は、血糖値の乱高下が激しく、まったく読めないのだ。低血糖で、フッと意識を失ったのだと思う。周囲の人に、すぐ助け上げられたのも、迅速な気道確保も大きかったが、意識が低下していたので、肺に水も入らず、脳にダメージも受けなかったのだ——と、これは私の見解だが。

溺れた後、ゆるやかに元通りの仕事に戻していったが、あの夏を境に、眼と脚が急速に悪くなっていった。糖尿病の合併症の末梢神経障害なのだが、進行が急だった。仮にも死に損なったのだ。肉体が受けたストレスによる侵襲は、想像以上に甚大だったのだろう。2000年代に入ると、歩けるには歩けたが、講演などで暗くて昇り降りが多い場合は、車椅子を使うようになった。大腸がんにもなった。これも溺れたことによる、一連のストレスに遠因があるのだと思う。

溺れた夏は、父の人生の〝分水嶺〟だった。それまでは〝往き〟の仕事だったが、その後は〝還り〟の仕事にシフトしていった。拡大機を使っても、かつてのように自在に読むことはできないので、新しい情報のインプットができない。脚が悪いので、行動も制限される。否応なく、そうならざるをえなかったのだ。

書くことができないので、聞き書きによる語り言葉になることによって、これまでのように、特定のマニアックな読者だけでなく、広範囲の読み手にも、理解が及ぶような表現になった。父はこれまで構築してきた思想をベースに、旅の僧侶のように、易しく遍《あまね》く考えを説く人となったのだ。「吉本は終わった」なんて言われたが（これまでも、何度も勝手に終わらされてるし）、人間生きてる限り、仕事は続くのだ——とも、生きていくのが仕事なのだとも言える。

それでもこのオヤジ、ただでは終わらない。常に脳内では、思考（夢想）が枝を伸ばし、深く根を広げ、珍妙なことを思いついた。眼は見えないが、文章を書きたい。そのために、パソコンの入力を習得するのも、この歳からでは難儀である。それなら独自の、しかも簡単な、日本語の入力方法はできないものか——と、ずーっと考えていたらしい。05年、06年頃のことだった。そしてついに、それを理論的に確立した（らしい）。それは、すべての日本語は、10個のキーだけで入力可能だ——と、いうことらしい（中には「ファ」とか、妙なキーも存在するようだ）。

その理論の確立には、当時足しげく父を訪れていた、K氏も関わっていた。K氏は学生運動の、某党派に属していた人物で、長年うちの〝男手〟として働いている、舎弟のガンちゃんの知人だった。その紹介で、うちに出入りするようになったのが、最初だったと思う。K氏はコンピューター関係の仕事もやっていたし、父の理論も理解できる人物だったので、よく父と2人で、ああだこうだと、理論を練っていた。K氏は、いくつかの具体的なキーボードの図面も作成していた。

いざ試作品を作ろうという段になって、なぜか私とガンちゃんも巻き込まれた——イヤ、巻き込まれそうになった。Ｋ氏は、実業家気質（？）も持ち合わせる人物だったので、ガンちゃんと私とＫ氏の３人で、この入力システムを専売とした、会社を作ってしまおう。という話が出た。私とガンちゃんは、「まぁまぁ、ちょっと待て！　とにかくキーボードだけでいいから、実体のある物を触らせてみせてくれ」「現物をいじってみんことにゃ〜あっしらのようなアホには、チンプンカンプンでっさ」と、かわしていた。それは事実だ。現物を触ってみなければ、これは便利だ！　とも、こりゃかえって大変だとも、何とも感想も意見も言えない。

　試作品を製作するにあたって従妹に、仕事仲間だった技術者の青年を紹介してもらった。父は〝軍資金〟として、彼に50万円を渡した。最初の内彼は、こまめに進捗を報告してきたが、次第にこちらがメールで尋ねると、メールで返事が来るだけになり、その内音信不通となった（50万円を持ったまま）。

　仕方なく、Ｋ氏が実作を手掛けることになった。父はＫ氏に50万円を渡した。Ｋ氏は時々報告に現れた。やはり自分の本業の合間にやるので、なかなか進まないとのことだった。「それはそうだろう」と、皆気長に待つことにしたが、Ｋ氏の訪問は、次第に間遠になっていった。気がつけば、Ｋ氏に50万円を渡してから、２年が経っていた。さすがに「そりゃ無かろう！」と、ガンちゃんが連絡を取り、Ｋ氏を引っぱってきた。50万円は、いつの間にか無くなっていた。

私は「50万返すか、現物を作るか、どっちかにしろ」と、K氏を責めたが、父は「イヤ、男が仕事をしながら他のことをやるってのは、たいへんなことなんだ」と、K氏をかばった。K氏も「絶対作ります！」と言うので、父はまたK氏に50万円を渡した。「おい！そりゃ右の頬を打たれたら、己のケツを出すレベルだろ！」とは思ったが、黙って従った。K氏は、それっきりフェードアウトした。父も、この4年後に世を去った。

今でも時々ガンちゃんと、「あれは何だったんだろうね」と話す。今振り返ると、夢、幻のような話だ。もしも実物が完成していたなら、レオナルド・ダ・ヴィンチのように、父に「発明家」の肩書きも、加わったのだろうか。すべては、K氏だけが知っている。しかし、K氏の名誉のために言っておくが、K氏は父の死後ひょっこり現れ、50万円を返却してくれた。その心意気だけで充分だ。

K氏とは、父が亡くなった年以降会っていないが、連絡はつくはずだ。今ならまだ間に合う。お金持ちの好事家の人、K氏に資金と環境を整えて、父の幻の入力システムを見てみたくはないか？

実物を目にしてみたい気もするが、幻のまま忘れ去られた方が、いいような気もする。

魂の値段

もう20数年前の話だ。父に借金を頼みに来た人がいる。

詳細は避けるが、その人と父は、面識が（正確にはあるのだが）無い。しかし父の命の恩人だった。地方都市の中小企業の経営者だったと記憶する。命の恩人なので、その際に、父は直接感謝の手紙を書き、それなりの謝礼と共に送った。

その数ヶ月後、いきなり彼がうちを訪ねてきた。玄関での会話に聞き耳を立てていると、彼はその頃父が出した『遺書』という本を持って来ていて、「こんな物が遺言と言えるのか！」「あの謝礼があんたの命の値段なのか」と、インネンをつけ始めた。つまりは、経営が行き詰まったので、金を貸せという話だった。その金額は、ギリギリ貸して貸せない額ではなかった（ましてや〝命の値段〟と言われては）。しかし父は、「はあ〜、たいへんなんだなあ」「いやあ、ボクがここでサラッと色紙でも描いて、それが100万とかで売れるような作家なら良かったんですがね〜」と、頭をかきながら、あくまでもトンチンカンなオヤジで終始した。彼もいいかげん、〝毒気〟を抜かれて帰って行った。

おそらく彼は、それまで父の名前すら知らなかったのだろう。しかし本をたくさん出していて、けっこうな謝礼も出せるし、自分が恩人なのなら……と細い蜘蛛の糸のような縁にすがり、決死の思いで訪れたのだと思う。それを一番分かっていたのは父だ。父の家は船大工で、何せ祖父は借金を踏み倒して、天草から東京に夜逃げして来たのだ。幼い頃から、金の貸し借りを見て来ている。

だから分かっている。もしも彼が、その金で経営を立て直せたとして、(あり得ないけど)大儲けして倍にして返してくれても、父は受け取らないだろう。だから貸さない。面識もない人間から、ユスリまがいのやり方で金を借りたとしても、その時の心根の卑しさは、生涯消えない魂の傷となる。

父は彼の魂を救ったのだと思う。

境界を越える

人生最初の記憶って何だろう？

たぶん私は、大きな坂の途中にあるおもちゃ屋だ。父に肩車をされて訪れた。もうとっくに日は暮れていた。店は8畳程の土間で、店の中央の木の台の上には、当時は珍しかった、プラスチック製のまな板や野菜、戸を開け閉めできる食器棚などが並んでいた。裸電球が1つ天井からぶら下がっているだけの店だった。正面の天井近くの薄暗がりに、〝おかめ・ひょっとこ〟のお面が並んでいたのが、怖かった。いつだったかテレビで、私よりちょっと歳上の俳優さんが、まったく同じような人生初の記憶の話をされていた。当時は、「家内安全・商売繁盛」のお守りとして、お店に〝おかめ・ひょっとこ〟のお面を飾るのは、よくある慣習だったのだろう。しかし薄暗がりのその〝異形〟は、子供心には不気味に感じられた。もしもその時、徒歩で訪れたなら、子供は真っ先におもちゃに目を奪われ、天井近くのお面なんて、目に入らなかっただろう。父の肩車で来たからこそ、お面は見えてしまったのだ。肩車なんてできたのだから、私はせいぜい3、4歳、台東区の仲御徒町に住んでいた頃だ。しかしその店は、文京区の動坂の途中にあった。なぜそう言い切れるのかと言うと、私は中学生の時に、その店を〝再発見〟したからだ。「あぁ…夢じゃなかったんだ！」と感激した。店は小さく薄暗く、やはり〝おかめ・ひょっとこ〟のお面は飾られていたが、中学生の私は、もう怖くなかった。

両親が仲御徒町に住む前は、このおもちゃ屋のすぐ裏の、駒込林町に住んでいた。しかしその頃の私は、まだ1歳位の赤ん坊だった。おままごと遊びなんかができるような、3、4歳になった時、父はこの店を思い出し、連れてきてくれたのだろう。

それにしても、ちょこまかとよく引っ越したものだ。私が赤ん坊の頃の、田端、駒込林町。私の幼少時代として、最も印象深い上野仲御徒町。妹が生まれた谷中初音町、田端の高台と、ここまでは、すべてアパートや借家だ。本だって普通の家庭よりはるかに多かっただろうに、ひどい時は、1、2年ごとに引っ越していた。

初めての持ち家となったのが千駄木、そしてここ本駒込の吉祥寺。しかし持ち家と言えども、どちらもお寺の借地だ。父は土地建物で資産を残すという発想は、まったく無いし、どこかにいつでも移動できるよう、身軽でありたいという、〝海遊民《ノマド》〟的精神性が残っていたのかもしれない。

唯一土地持ちになりかけ（損ね？）たのは、ここ本駒込に引っ越して来る前に、懇意の不動産屋から紹介されて契約をした土地だった。千駄木の須藤公園に近い、陽当たりの良い広々とした土地だ。しかし長期間〝上物〟を建てずにいて、駐車場として貸していたら、車の砂ぼこりが迷惑だの、草が生えて虫が出るなどと、ご近所から苦情が出た。父は、これでは住んでもご近所とギクシャクしそうだと、土地を手放すことに決めたが、土地購入時に借金をしたK書房が、利息を付けていたのに怒り、当時全集を刊行中だったK書房から、すべての出版契約を引き上げたのは、けっこう有名な話だ。

確かに、我が家とはあまり肌が合いそうにない、お屋敷町だった。何より私は、そこから数メートル先で、急激に地形が下に傾斜していくのにザワザワしていた（もちろん土地自体は水平だけど）。崖っぷちの土地だった。

もうひとつ、この前に立ち消えとなった土地がある。それは谷中蛍坂下の土地だった。おそらく同じ不動産屋からの紹介だったと思う。父の大好きな「谷中銀座」まで3、400m程だし、けっこうな好立地だろう。しかし母に、「イヤよ！　崖下の土地なんて、危ないしジメジメしてる」と、一蹴されて「勝手にしろ！」と、父とケンカになっていた。

しかしここは、母の感覚が正しかったと思う。崖には、関東ローム層などの堆積型の崖と、断層や浸食によって、潜在的に水が湧き出て流れている、湿った崖がある（カンケー無いけど、タモリさんが見たらすぐ分かる）。実際300m程先の坂上、「朝倉彫塑館」には泉水があるし、「蛍坂」なんて名前が付いているのだ。この少し昔には、蛍が住める豊かで美しい湧水があったという。まぁ、ローム層よりは崩れにくいだろうが、水を含んだ土地は、心底冷える。身体の弱い母にとっては、確かに良くなかっただろう。

初めて家を持った千駄木は、おそらく父は最も体力もあり働き盛りで、大きな仕事を残した場所だろう。

商店が並ぶ通りから、数十メートル入った突き当りをL字型に数メートル曲がったどん詰まりの家の、向かって左が我が家だった。その数メートルの露地を囲む家々は、なんと言うか個性的――妙にキャラ立っているという印象があった。どん詰まりの2軒のお隣さんのUさん一家は、本当に心正しい庶民であり、父の言う〝大衆の原像〟のような人たちだった。お父さんは、べっ甲細工の職人で、男の子が2人、そのお姉さんのきいちゃんと、うちの妹とは同級生だった。小学校低学年の頃、うちの前で、ビニールプールにスッポンポンで2人が入っている写真がある。〝吉本ばななオールヌード〟として、どこかに売り込んでやろうかと目論んでいる。

千駄木の家は、父にとって初めての坂の上の家だった。田端の家も高台だったが、あそこは石垣の上に、大家さんとうちの2軒だけが孤立して建つ、城塞のような家だった。〝下界〟のご近所付き合いは1、2軒程度で、あとは野っ原みたいな、妙な浮遊感があった。

そういう意味で千駄木は、けっこう濃厚なご近所さんたちだった。露地の面々は、隣のUさんの他には、会社員、医者、印刷業、電器店だ。何とも言い難いが、頑張って坂の上に一戸建を持った（借地だけどね）。というミョ〜なプライドと、ガッサガサの下町気質を合わせ持つ人たちだった。父も下町の谷中・上野界隈と、坂の上の住宅街を気ままに行き来していた。この頃父の所には、盛んにお客さんが出入りしていたのに、2階の父の書斎に行くのに、キッチンを通らねばならないという使い勝手の悪さから、玄関周りの改築工事をした。私が中学2年生の夏休みだった。その間近所に間借りした家が、けっこうな〝訳あり物件〟だった。

古い平屋で、台所スペースに繋がる8畳程の茶の間。その奥に6畳程の板の間の子供部屋がある。子供部屋には、造り付けの2段ベッドがあったのは楽しかった。しかし、その子供部屋と茶の間の間には、風呂場が横たわっていた。つまり風呂場を通らなければ、行き来ができない。誰かがお風呂に入っていたら、「ちょっとゴメン」と、通って行くしかない。まぁ、家族だけなので別に問題は無いが、増築の結果こんな妙な間取りになったのだろう。ひと夏の面白い経験だった。

今の本駒込の吉祥寺に引っ越したのは、1980年だった。両親共にまだ50代、仕事も真っ盛りの頃だ。前に住んでいた千駄木の家から、わずか数百メートルの距離だが、下町からは隔絶の感がある。

まずご近所の〝人種〟が違う。ここまで来ると、江戸の果てだった。広大な土地があったのだろう。多くの住民は地主だ（切り売りしちゃってショボくなっている人も多いが）。

そして植木職人も多い。ここから先の駒込、巣鴨にかけては、江戸のお屋敷・寺社などを一手に手掛けたご先祖も多いのだろう。1㎞程先の染井霊園の辺りは、〃染井よしの〃発生の地として知られている。だからこの辺の植木屋さんは、ちょっと気位が高い。後は近郊の埼玉辺りから移り住んで来た、商売人の人たちだ。人も家も街も、老いていくばかりの地なのに、なんでか皆ちょっとプライドがあるのだ（近年通り沿いに、高層マンションがガンガン建ち、新しい人たちも流入してきたが）。

すぐ近くに、動坂がある。父の原点駒込林町だ。動坂というのは、つまり〃堂坂〃。お不動さんのお堂があった坂だ。赤目不動さんのお堂は、私もなんとなく記憶している。駒込病院そばの交番のすぐ下、小さなお堂だった。赤目不動は、本郷通りの南谷寺《なんこくじ》に移された（その事情までは知らないが）。不動明王は、〃ファイヤースターター〃なので、危険だから必ずバックに、それを沈める湧水や小川を背負っている。動坂は、江戸時代まではすぐ下に入り江。もちろん坂の途中なので水も湧いていただろう。今の南谷寺も、暗渠となってしまったが、背後には小川があったはずだ。

この家は、地勢的には東に行っても西に下っても水、崖のてっぺんにある。実際岩盤は強いようで、地震の震度も発表よりは、1程低く感じられる。

父はいつだって移動ができる〃ノマド〃だったはずだが、ここに来て、仕事の多忙さもあったし、歳もとった。もちろん谷中や上野などの下町には足しげく通ってはいたが、父は〝境界〟を越えてしまったのだ。ここが父の最後の土地となった。

下町は、人々の欲や下世話な好奇心、おせっかいや、押しつけがましい親切などの庶民パワーで、荒涼とした地を人間の土地にしていく。だがここは、たかだか数百メートルの差で、むき出しの武蔵野台地のままなのだ。その境界線って、どこなのだろう。

たぶん「さいかちの辻」、白山上から斜めに本郷通りと交差する〝土物店〟の小路だ。その道は、そのまま動坂に到る。この道が境界線なのだろう。果たしてあの〝おかめ・ひょっとこ〟のおもちゃ屋は、動坂のあちら側にあった。

父だってボケていた――と言うと、あれだけの頭脳と知識を持ち、最後まで常に思考を重ねていた吉本さんが、ボケる訳ないだろう！　と、父の全集の主たる読者である、団塊以上のオジ様たちは主張することだろう。

しかしそれは、自分は吉本全集を〝積ん読〟だけじゃなく、興味のある所は（たまに）しっかり読んでるし、毎日適度に有酸素運動をし、新聞だって隅々まで読み、時事問題をチェックし、話題の本には一応目を通し、語学なんかもやり直して日々研鑽を積み、辞書代わりにスマホで〝ググっ〟ちゃったりする、「オレは絶対大丈夫」と信じている世代の、希望的観測も含めての幻想でしかない。

話は飛ぶが、私は週刊誌マニアだ。週に数誌購入してしまう。別にエロイ記事や袋とじグラビアが目当てな訳ではない。昔は1日遅れの週刊誌を駅前の露店で150円位で売ってたり、電車の網棚に置き捨ててあったりしたが、今はそんな時代ではない。主要な記事はネットでも読めるが、そこじゃない。すき間にこぼれた記事が面白いのが、週刊誌なのだ。読まない記事も多いのに、週に2000数百円ドブに捨ててるようなものだ。これほどのムダ遣いはないと思いながらも、やめられない。しかし、まれにめっけモンもある。信頼のおける人の書評で、一生モノの本に出会ったり、各誌独自のニッチな読み物などだ。

これら週刊誌も、数年前には「死ぬまでセックス」合戦が盛んだったが、近年は脳トレや老けない食事、ロコモ防止運動。良い病院や老人ホーム。さらに最近は、かしこい相続や終活だの、墓じまいにまでシフトしてきた。皆老いるのがコワイのだ。ボケるのだけは避けたいんだよね。

しかし、ボケがイヤなら、心臓とか脳とかでの突然死。それも困るだろう。〝恥ずかしいモノ〟を始末する間もない。桂歌丸さんのように、COPD（慢性閉塞性肺疾患）なんかも、ムチャクチャ苦しそうだ。痛みをコントロールでき、予定を立てやすい、がんで死ぬのが一番マシだと思う。

老人のボケは、1人ひとりまったく違う。がん細胞が、まったく千差万別なのと同じだ。他人と同じ過程をたどることは決してない。つまりエビデンスは、あくまでも参考でしかないのだ。

母は元気な頃は、けっこうキツイ人で、父はよく「お母ちゃんは他人に優しく家族にはキビシイ」と、こぼしていたが、ボケるにしたがって、角が取れてきたのは意外だった。

もちろん1日のほとんどをボ〜ッと眠りがちで過ごしていたし、2、3分前に言ったことを忘れたりはしていた。しかし、その場の会話は一応成立していた。一緒に動物番組などを観ていると、「カワイイわね」と言ったり、深海生物には「あんな所に生まれなくて良かった」などと言っていた。かなり理想的なボケ方だったと思う。

一方父は、他人から見れば最後まで一見マトモだったと思う。インタビューなどにも、事実誤認はあるものの（それは昔からだけど）、そこそこマトモに答えていたし、元々父の著作を分かりづらくさせていた、表現の〝飛躍〟の度合が増して、ますます誤解されやすくはなっていたが、思考にブレはなかった。

父のその兆候は、2000年から始まっていた。ある深夜、父が書斎の机の前にゴロンと寝転がっていたので、真冬だったし「カゼひくよ、ちゃんと寝た方がいいよ」と声をかけると、「ああ…キミか、オレ今どこにいるのか分からないんだよ」と言う。ゲゲッ！と思ったが、なんとか起き上がらせ、ここは書斎の机の前だと説明し、あわてて寝所にしている客間に布団を敷いて寝かせた。それが最初だった。

それから数日後だったと思う。2階で寝ていると、朝方階下からドスンバタンと、ものすごい音がするので、あわてて階段の上から見ると、階段の下に下着姿の父がいた。「ああ…キミか、出口がどこだか分かんないんだよ」と言う。見ると客間の障子はビリビリに破られ、ふすまにも大穴が開き、布団もテーブルもぶっ飛んでいた。まるでうっかり閉じ

ボケるんです！

込められたノラ猫が、出ようとして暴れまくったのと、まったく同じ状態だ。

とりあえずキッチンのいつもの席に座ってもらい、お茶を出し布団を整えて、もう1度寝かせた。午後にインタビューのお客さんが来る予定だったので、お昼過ぎに恐る恐る起こすと、父は「ワハハ！　これオレがやったのか。こりゃ～ボケたと言われても仕方ないや。キミを見た時、やっとここが家だと分かったんだ」と言う。お客さんにも盛んに部屋の〝惨状〟について笑いながら言い訳していたが、立て続けに起きているし、明らかにただの寝ボケの範疇を越えている。

その頃父へのインタビューはひっきりなしで、新聞や雑誌などの短い物もあれば、数回のインタビューで1冊の本にまとめようという企画もあった。父は長い短いに関係なく、すべてに3時間4時間と、相手の方も止められずに困るほど飛ばしまくっていた。この脳ストレスも一因ではなかろうかと、妹の事務所から、クールなSやんを派遣してもらった。インタビュー制止係だ。有無を言わさず2時間で、「そろそろお時間です」と、割って入ってもらう。Sやんは『スタートレック』の、スポック博士かデータ少佐かって位、非人間的に容赦なく（あ！　ホントは味のある人間的な人ですよ）止めに入る。相手の方もいい加減逃げたい場合が多いので、「ではこの辺で」と、切り上げてお帰りになる。

2000年代半ば頃になると、いよいよ父の眼は悪くなってきた。テーブルを挟んで目の前にいる人の、男女の区別もつかない。「常に赤黒い夕闇の中にいるようだ」とも言っていた。さらに脚もかなり悪くなっていた。以前は家の近所1周300m程を休み休みでも歩けたのに、家の中を這って歩くだけになった。耳だって歳相応に悪くなる。さながら自分の肉体に閉じ込められているようだ。〝老い〟とは、かくも残酷なものかと思い知らされた。

しかし相変わらず、精神の活動だけは活発だ。だが五感から入ってくる情報は限られている。テレビなんかを付けたまま うとうとしていると、半覚醒状態の中、耳から入ったわずかな情報をぶっ飛んだ方向に変換した脳が、とんでもない妄想を作り出す。「今テレビのニュースで、村上春樹がオレの悪口言ってやがった」なんて言う（村上先生ゴメンナサイ！）。

花巻市から「宮沢賢治賞」を受賞した時には、せっかくの宮沢賢治なんだから！と、父と2人車椅子で花巻まで出向いた。しかし父の体調や、入院中の母のこともあり、花巻滞在わずか3時間程の超弾丸ツアーだった。

しかしそれからしばらくすると、またとんでもない妄想が仕上がっていた。「あいつらは皆共産党だ。共産党がオレに賞をやっとけば黙るだろうと仕組んだんだ」と、言い出した。「その証拠に会場のヤツらは皆シレ〜ッとしてた」と言う。違うってば！それは市主催の市役所の皆さんだから、緊張して声もかけられなかったんだって（花巻市の皆様申し訳ありません！）。

ボケるんです！

それをインタビューの時にも人に言うもんだから、親しい編集者や対談相手の方には、うまく編集しといてください。などと頼んだりした。

しかし変換の方向性は「共産党」だとはっきりしてきた。ある日父がキチンと服を着てキッチンの椅子に座っているので驚いた。これから銀行に行くと言う。さっき銀行から電話があって、お金の流れについての話があるそうだ。なんでも私が共産党のシンパで、共産党に金を流しているんじゃないか、銀行に確かめに行くと言う。「ハアッ⁉」だったが、それで納得がいくんだったら、とタクシーを呼んで行き先を告げた。

さすがに情けなくて悔しくて、身体がワナワナと震えた。この気持ち今すぐ誰かにぶつけないと気が済まず、言っても理解はできまいと思いつつも2階で寝ている母に「うわ〜ん！　お父ちゃんがこんなこと言うんだよぉ」と、泣きながら訴えたら、「しょうがないわねぇ、ボケちゃったのね」と、事も無げに言うので脱力した。

父がタクシーで帰ってきた。「帰りなんて知るか！」と思って送り出したが、どうやら親切にも銀行の人が、タクシーを呼んで乗せてくれたらしい。

「何もアヤシイとこ無かったでしょ？」と聞くと、「イヤ…銀行は刑事事件にならないと言わないんだよ」と憎たらしい。ほどなく銀行から、ちゃんと帰り着いたか確認の電話があったので、父が受けた電話の内容を尋ねると、どうやら相続なんかについてのセミナーのご案内だったようだ。

普通のご老人だったら「嫁にサイフを盗まれた」レベルの話だろうが、「共産党に金を流している」とは怖れいった。

内科の主治医に、こんな症状がひどいんですよ。と訴えると、「それは『レビー小体型認知症』かもしれませんね。脳のＭＲＩを撮れば分かりますよ」と言われたが、今さらボケに名称つけたとこでもなぁ…と、あきらめた。

父と共産党（共産主義者）とは、戦後ほどなく激しい論争があったことは、知識としては知っている。しかし私がまだ赤ん坊の頃の話だ。共産党は、選挙が近くなると元気になるオジサン・オバサンたちという程度の実感しかない。だが父にとっては、最も元気で血気盛んな頃のバトル相手なのだ。精神的にもキツかっただろうが、正に青春そのものなのだ。老人は青春時代に帰っていく。

その内妹夫妻にも、「キミらだって共産党のシンパだ」と言い出す。妹が「じゃあ、共産党って悪いの?」と切り返すと、「イヤ別に悪くはないさ」と言う。「でも、お父ちゃんだって、吉本はオウムのシンパだって言われたらイヤだったでしょ?」と言うと、「オウムって何だ?」と返され、皆で吉本新喜劇のように大コケした。

このことは、妹も父の全集の刊行記念イベントの時語っているし、後にもどこかで書いている。

忘却ってスバラシイね！　と、妹と語り合った。

ボケるんです！

最晩年になると、攻撃性は無くなった。1日のほとんどが眠りがちになったが、思考はむしろ自由に〝アチラ側〟と行き来しているように思えた。本来の素の〝魂〟に還っていく感じだ。

ボケるのは決して悪くない。不安なオジ様たちだって、きっと青春に帰れますよ。

安心してください。皆ボケるんです！

非道な娘

突然死や事故死でもない限り、誰もが介護される側の立場になる（もちろん私も）。

ことに父のファンの方々の世代にとっては、切実な問題となってきているだろう。自分は果たしてボケるのか？（ボケます！）ボケた自分が情けなく、怒り散らしたりはしないか？（します！）オムツを替えてもらうのは、家族の誰かなのか？施設のヘルパーなのか？病院のナースなのか？その時不機嫌な態度でじゃけんにされ、屈辱的な思いをさせられはしないか？もしもその誰もが願い下げで、壇蜜さんのような美しい女性に、「あらあら、おジイちゃんたら元気なのね、ウフフ」なんて優しく股間を洗ってもらいたければ、〝オムツ要員〟雇用費として、あと1000万はよけいに老後資金に上乗せしなければ、ならないだろう。「そんなの考えたって、なるようにしかならないサ」な〜んて、無頼を気取ってもムダだ。目をそらしてはいけない。それはもう、10年もしない目の前に迫っているリアルなのだ。

父は通常のご老人よりも、さらに早期にその問題に直面していた。糖尿病性の末梢神経障害で、尿意を感じにくく、感じた時にはすでに手遅れ、という状態だ。それは2000年代頭から始まっていた。講演の時などには、替えのパンツを握りしめてハラハラし、旅行の時には、列車の座席や旅館の布団のシーツに、ペット用の吸水トイレシーツを敷いたりした。

転機は父が、大腸がんで入院した時だった。父がトイレに間に合わず、頻繁にベッド上でモラすので、閉口したナースが、ポータブルトイレをベット脇に置いたり、先端に管がついたコンドーム状のサックを装着させようとして父とモメ、病棟との関係は険悪になっていた。そこへうちの〝舎弟〟が、「こんなのありましたぜ！」と、〝おしっこ7回分吸収〟という触れ込みの、最強のパンツ型オムツを見つけてきた。父は「こいつぁ便利だ」と、ホイホイとそれを受け入れた。

これが父の一種独特なところだ。無理なくラクできること、ナースにゴタゴタ言われたり、デリケートな部分に、むやみに干渉されないための、便利なアイテムとして導入しただけだ。通念としてある、自分がオムツになるのは恥という、概念もプライドもゼロなのだ。

パンツ型オムツは、最後の入院をするまで自分の力で、履き替えていた。なのでお陰さまで、私は父のオムツだけは、替えたことがなかった。しかし父は、〝おしっこ7回分〟

を過信しきっていた。ヘタすりゃ1日1回しか替えなかった。すると、さすがにオーバーフローが起きて、布団を盛大に汚すことになる。時には寝ながらオムツを履き替えようとして、脚を通したところで力尽き、下半身丸出しのまま寝落ちり、布団にモラしていることもあった。

「一応自分でトイレに行けるんだからさ、間に1度トイレに行くとか、もうちょいこマメに、パンツ替えようや」とは言ってみたが、聞くような相手ではない。まぁ、分かっちゃいるけど、身体が思うように動かないのだろう。それが老いというものだ。

毎回父が食卓に着いたスキに、シーツを引っぺがし、下に敷いた巨大なペットシーツを替え、汚れた下着とシーツと、時には掛け布団まで（洗える替えを2枚用意して）、洗濯機フル稼働。毎回運動会のように汗だくで息が上がった。これじゃ～こっちが定期的にオムツを替えた方が、よっぽどラクなのだが。

私は父には（と言うよりご老人全般には）、できる限り自分でやりたいように、やってもらいたい――という考えの持ち主だ。ただでさえ老人は（特に最晩年の父は）、脚が不自由だし眼も見えない。薄闇に包まれた、肉体という牢獄の中に閉じ込められているのだ。そこで〝看守〟に急かされ、汚いとさげすまれ、乱暴に扱われてどうする。人生の最後に、こんなに惨めで情けない思いをすることはなかろう。せめて自由にやってくれ――と、こと動作や生理現象に関しては、おくびにも不快な態度を見せなかったと自負する。それで父を傷つけたことは無い（はずだ…）。

しかしそこを外れると、複雑に屈折した感情がある。思いもよらない瞬間に火がつき、消火不能に陥る。

亡くなる1年程前だったと思う。その頃の父は、1日のほとんどを眠りがちで、1日に、うまくいけばなんとか2食。朝食（と言っても午後3時頃）に起こしても、自分でオムツを替えて、全身くまなく（自分独自の）マッサージをし、途中何度も寝落ちりながら下着を着替え、食卓につくのは夜の9時——なんて生活になっていた。たまに入るインタビューのお客さんや、病院の日などは、必死こいて起こしたが、強要したり急かしたりがイヤなので、なるべく父のペースに任せていた。寝所としていた奥の客間に起こしに入ると、眠っている時もあれば、眼を閉じたまま、歌を口ずさんでいたり、眼だけを開けて、考え事をしている日もあった。「キミ、今はじめて来たのか？」と言うので、「そうだよ」と答えると、「さっき白い着物を着た女の人が入って来たから、キミかと思った」なんてコワイことを言うから、もう父は半分、夢と現《うつつ》の境界の世界で、生きていたのだろう。

そんなある日、父が「キミ、塾のポスターを描いて、うちの（私道の）壁に貼ってくれないか」と言う。「はぁ？」子供らを集めて私塾をやりたいのだそうだ。考えていることはすぐに分かった。父の夢なのだ。それは最後の夢であるのと同時に、2度と戻れない少年時代の、今氏乙治《いまうじおとじ》先生の私塾へ通っていた時代への郷愁なのだ。

じょ、冗談じゃない！　ただでさえ子供どころか、住人か宅配位しか入って来ない、どん詰まりの家の壁にポスター？　それを今時の子供が（お受験のガチ勉強か、ゲームの2択しか無いガキどもが）、来る訳ねーだろ！　それより仕事で来たお客さんが、そのポスターを見て口コミで知れ渡り、子供ならぬ（全共闘世代の）オヤジ塾になる可能性の方が、よっぽど高い。全国から集まったオヤジが、入れ替わり立ち替わり、びっしりと客間を埋めつくす映像が目に浮かんだ。恐ろしい！

「いや〜ポスター貼っても、子供は見ないと思うよ」とか、「まず藤井さん（甲府で私塾を開いていた藤《ふじ》井《い》東《はる》氏）にでも、ノウハウを聞いてみたら？」など、何とかはぐらかそうとしたが、父は「う〜ん…」とか「あ〜…」とか、納得しない様子だ。

ちなみに、こういう場合の、老人介護における最適解は、「ＯＫ！　分かった。描いて貼っとくね」だ。それっきり忘れてくれる場合もあるし、再度尋ねられたら、「貼ったんだけどねぇ〜最近の子供は忙しいんかねぇ。気長に待ってみよう」と、ズルズル引き延ばす。本人の中でも、「やっぱりこの方法じゃダメか…」と、納得がいき、次第に望みも希薄になっていってくれる。誰も傷つかないウソだ。しかし私の中には、まだ父に対する幻想が残っていたのだろう。老人扱いして、ダマすことができなかったのだ。

それに加えて、どううまく受け流そうとも、父のペースに合わせていく中で、精神的肉体的疲労が、澱《おり》のように蓄積していたのだろう。私はブチ切れてしまった。

「あのねぇ、そんな勝手に家をブチ壊すようなこと、しないでくれよ!」「これが家をブチ壊すことかねぇ」と父。「だってそうだろ? もしも私が料理教室開くとか言って、ある日お父ちゃんが起きてきた時、知らない奥さんたちがワサワサいたら、それは家庭をブチ壊してるってことじゃん!」そうとも、父は(以前書いたが)〃共産党妄想〃がひどかった頃、私が数人の友人を呼んで家で飲み会をやったら、「党派の集会は、外でやってくれよな」と、のたまったのだ。積年の恨みが頭をもたげてきた。

「う〜ん…ダメかねぇ」と父。キレた私は止まらない。「私にことわったってダメだよ! この家は私の物じゃない。私は関係ない。対の相手はお母ちゃんだろう!」ああっ、イカン! 本家を前に『共同幻想論』まで持ち出してしまった。「う〜ん…じゃあお母ちゃんに、ことわりゃいいんだな」と、父は2階の母の所へ行こうと、立ち上がりかける。ヤメてくれ! それは危険だ。結局私が助けるハメになる。「もう遅いんだよ! お母ちゃんは、その判断ができない位ボケちゃってんだから」イヤ、たぶん母にそれを尋ねたら、「イヤよ」のひと言で一蹴されて終わるだろう。

さらに追い討ちをかけてしまう。「すべてが手遅れなんだよ! お父ちゃんが放っといた間に、永遠に対の相手を失っちゃったんだよ」残酷なことを言っている。これも、しょうもない恨み節なのは分かっている。80年代以降、父は仕事が忙しくなり、母と向き合わなかった。お陰で、ちょうど京都から戻って来た私に、ドドッと母の依存が崩れ込んできたのだ。「もうちょっとお母ちゃんの相手してよ。すべてこっちに来て何もできないんだよ」と、父に〝直訴〟したこともあったが、「よし分かった。このひと山を越えたらな」と言ったまま、次の〝ひと山〟が来て、それっきりだった。分かってはいる。父は歴史に残るような仕事をこなし、その上でさらに、食事当番など、家事も（少なくとも母よりは）担っていた。感謝しかない。しかし母とは向き合わなかった。向き合った時は、ぶつかり合う時だった。もしかすると、お互いそれをどこかで分かって、回避していたのかもしれない。〝家〟を壊さないために。しかし、そのとばっちりを喰らい続けたのはこっちだ。

父は「うう～ん…」と黙り込んだ。塾の話は、またいつか蒸し返してくるだろうな――と、思っていたが、2度と出ることは無かった。それだけに、父に負わせてしまった傷の深さを思い知った。父はそれからますます、眠りがち、夢見がちになっていった。

ひどい娘だな――あの時、介護施設のヘルパーのように、「分かりました。やっときますねー」と、言っておけば良かったのか。もちろん他のご老人になら言える。しかし、あの父だからこそ言えなかったのだ。

父が負ったであろう傷は、そのまんま私の痛みとなって、今も私の心に突き刺さっているのだ。

片棒

早いもので、親父が亡くなってから丸6年が経とうとしております。

仏教で言うところの「七回忌」というやつでございますな。〝7〟というのは何やらめでたい数なのか、寺はしきりにイベントを勧めてまいりますが、蛙のようなダミ声のよく噛む管主《かんす》の経などを聞かせたら、おとなしく成仏してるもんも目が覚めちまうというもの。ましてや親鸞様の教えを切々と説かれた日には、「こりゃリアル釈迦に説法だね」などと陰口をたたく始末でございます。

と言った訳で、今年も何事も無く6年目が過ぎようとしております。

6年と言えば、オギャーと産まれた赤ん坊が小学校に上がるという、けっこうな年月ですが、親父が死んだのは、どうにも昨年のことに思えて仕方がない。気がつけば手前の状況も人間関係も、激変しているというのに、心だけは6年前に繋ぎ止められたまま、まったく変わっちゃおりません。

ただ最近、熱烈な〝吉本主義者〟だった諸兄が、弱っておられるのかめっきり疎遠になったり、何やら妙ちきりんな言動で、周囲を困惑させているという噂を耳にしたり、よほど親父を慕ってくれていたのか、後を追っかけてあちら側に旅立ってしまわれたりするのが、唯一6年という歳月を感じさせてくれると申せましょう。

〝枕〟が長えんだよーーって？　相スミマセン。この度は「七回忌記念」ってことで、親父が亡くなった日には、朝っぱらから多くの方々が駆けつけてくださったというのに、無視しておりました、無礼千万不義理非常識なドタバタ劇の顛末をお話しいたしましょう。

父がいよいよ今夜辺りがヤマだと聞かされた夜も、私は自転車で深夜の猫エサに出ていた。この件は以前にも書いた通りだ。

だいたいが、ヤマだと言われたら、良識ある家族は病院に泊まり込むのが当然だろ！――というツッ込みが聞こえてくるようだが、良識なんてヤツは、生まれてこの方持ち合わせたこともないし、さていつ逝くのか今か今かと待ってたって、明日かもしれないし、2、3日粘るかもしれない。奇跡の生還なんて可能性だって決してゼロではない。父には父の選んだタイミングで逝く自由があるのだ。それに私は〆切をかかえていた。単純作業に入ってからの〆切ならともかく、最も頭と集中力を必要とする、イラストエッセイのネーム部分だった。これだけは明日までに仕上げねばならない。クールダウンも兼ねて1周約20分、日課の〝猫巡回〟に出発した。

帰ると家の電話にも、キッチンのテーブルに置きっ放しの携帯にも、山盛りの着信が入っていた。病院からと、終電ギリギリまで父に付いていてくれていた共同通信のI氏からだった。病院は私と連絡が取れなかったので、I氏に連絡を入れたのだろう。

病院はタクシーで5分足らずだが、到着すると「あちゃ〜！ 逝っちまってるよ」というのも、以前書いた通りだ。「やるなぁ！ 親父お見事なタイミングじゃないか」誰もいないスキを見計らったとしか思えない。私もこうありたいものだ。

共同通信のI氏は、千葉県の我孫子在住なので、もう今夜は駆けつけることはできない。代わりに助っ人として、まだ都内で仕事をしているH君を送り込んでくれるという。H君と気軽に呼んでしまうが、実は当時共同通信の文化部長だったと思う。しかし〝ダメ蔵〟でコテコテの関西弁なので、ついついそういう扱いになってしまう。

I氏は父の死を朝7時のニュースで一斉配信するという。今は自分の〆切しか頭に無い薄情娘の私は、「何とか昼まで時間を稼げないか？」と交渉したが、これぱっかりは隠し通せた著名人は少ないと言う。確かに病院サイドからだって拡散しちゃうのよね。じゃなきゃあんなに即座に銀行が預金凍結する訳ないもんね。「よっしゃ！ それは了解した」7時には世間にバレるという前提で動くしかない。

父は別に芸能人のような有名人ではないにしろ、少なからずマスコミや、知り合いの編集者やらが駆けつけてくる。どう考えても病院の業務に支障をきたす。迷惑をかけること必至なので、とにかくその前に父を運び出すしかない。時間との勝負だ。

申し訳ないが私は〝魂〟が抜けた肉体は、〝ブツ〟だという考えだ。そのブツを一刻も早く駆けつけて一目拝もうと、あたかもそれが誠意であり忠義であるかのように思っている〝ガキの使い〟のようなオジサンたちが押し寄せてくる。「私の〆切はどうなるんだよ～！」イヤ…そのお気持ちだけは、ありがたく頂戴しておくが。

なんて考えている間も、すごい勢いで荷物をまとめ始めている。受付に「死亡診断書」を受け取りに行っている間に、簡単な清拭《せいしき》を済ませてくれるというナースに頼んだ。

とにかくすぐに、父の遺体を運んでくれる車を手配して欲しい。葬儀とかは関係なしに、運んでくれるだけで何もいらないから急いでくれ。でないと病院にご迷惑をかけることになるから――と、軽くオドしておいた。

「死亡診断書」を受け取って戻ると、父はヒゲも剃ってもらい、眠っているかのようだった。H君も到着していたので、荷物の整理を頼み、しこたま残ったオムツは、3日前に大腿骨を骨折し、下の階に入院している母に使ってもらおうと持って行った。

暗い廊下にナースがいたので、「今、上の階で父が死んじゃったんですけど、母に一目会わせる訳にはいきませんか？」と尋ねた。もはやこの会話だけで、悪い冗談としか思えない。ナースは、「痛がっていたのを先程やっとお休みになったようなので、無理だと思

います よ」と言う。当然だ。別にナースが面倒くさがっている訳ではなく、まだ手術前でもあるし、車椅子に座っていることすら困難なはずだ。そっと病室に入ると、ベッドの母は、なぜかキョロンと大きく目を開けていた。「今ね、上の階でお父ちゃん死んじゃったんだよ」と告げた。「あら…そう」と、母は嘆くでも悲しむでもなかった。「で…苦しんだの？」と聞くので、「いや、眠ってるみたいだったよ」不思議だった。ほんの2、3分だったが、時が止まったように思えた。

父の病室に戻ると、すでに霊安室に移されたという。霊安室の父のかたわらには、H君がポツネンと座っていた。「へぇ〜霊安室ってこんなんなってたのね」と感慨にふける間もなく、搬送車が到着したという。

車には、「夜中に実入りも無い仕事で起こされちゃったぜ」、って感じの無愛想な運転手のおじさんただ1人だった。「私は先に帰ってお布団敷いとくから、H君はお父ちゃんと一緒に乗ってきてね！」と、かなりのムチャ振りだなぁと思いつつも、タクシーでひと足先に家に到着。布団を敷いて父を迎えた。

玄関先でストレッチャーから担架に父を移し、奥の客間まで運ぶのだが、何たって3人しかいない。うちの廊下は後からムリクリ増設したので、とにかく狭くて曲がり角が多く担架がなかなか通らない。「ダンナさんは頭の方を奥さんは足を持って」と、運転手氏に指示される。お互い否定するのもめんどくさいので、にわか夫婦を演ずる。私は1ヶ月前に乳がんの手術をしたばかりだ。「手に力が入らないんですけど」と訴えたが、「足の方しっかり持って！」と叱咤される。「もう庭の方から運び入れちゃいましょうよ」と言うと、「イェ！　家のご主人は玄関から入るべきです」と運転手氏、ミョ〜なところが律儀だ。「アブナイ！　落とす落としそう！」「落とさないでください！」アレ？　この場面、何か知ってるぞ。何だっけ？　と、ふと思った。

何とか無事（？）に父を運び入れると、H君は去って行った。本当に助かった。後から聞いたことだが、車が揺れるごとに父の頭がストレッチャーからグラリと落ちそうになるので、「ここで戦後最大の頭脳を落としたら、後々まで何を言われるか分からない」と、必死で押さえていたと言う。本当にH君にはエライ思いをさせてしまったが、関西人なので笑い話にしてくれる（関西人差別？）。「ま、いっか！」と、人に負担を感じさせないところが、彼の良いところだ。

まだ午前3時半、私は父のお腹の上に「セブンイレブン」のロックアイスを1袋ドンと乗せると、点滅している留守電を無視して電話線を引っこ抜き、「ピンポン」と鳴らないようにインターホンの電池を外し、〆切に取りかかった。ラフが仕上がったのは朝7時半だった。2階のカーテンのすき間から覗き見ると、家の前には10数名ほどの方々が待機しておられた。「本当に申し訳ありません！　ヒトでナシで」と、心の中で深々と頭を下げた。そして、すでに冷たくなっている父の隣に寝転び、2ショット写真を撮った。8時半頃叔母に電話をし、葬儀の手配をお願いしてから仮眠を取ることにした。

そこで思い出した。さっきのドタバタ劇。落語のあのくだりだった。

長男・次男が親父さんに、オレならこんなりっぱな葬式を出してみせると、それぞれ自慢をするが、ドケチな三男坊は、自分はひとりで簡素な葬式を出すと言う。「それじゃ〜棺桶の片棒は、いったい誰が担ぐんだい?」とツッ込まれると、「馬鹿野郎! オレが担ぐ」と、親父さん。

「お後がよろしいようで」――って、私がしんがりでしたね。

銀河飛行船の夜

今回は、スピンオフと思って読んでほしい。母の死について書いてみたい。父を語る上で、母の存在は無視できないからだ。

母は父の死から、わずか7ヶ月後に逝ってしまった。ほぼベッド上生活だったし、ゆる〜くボケてはいたが、特に原因は無かった。だから医師から出された死亡診断は「老衰」だった。今時84歳で老衰はないだろ！　とは思うが、もしも人間に〝大往生〟があるとしたら、正に〝絵に描いて額にはめた〟ような、誰もがうらやむ死に方だった。

よく人から「よほど仲がよろしかったんでしょうね〜」などと言われるが、私は顔を引きつらせながら「ええ…まぁ、そうとも言えなくはないですねぇ」と、答えるしかない。

父と母は、正反対のベクトルの強い力で反発し合いながら、同じ力で引き合い均衡を保っていた。お互い自分と同等のエネルギー値を持つ者は、この世に他に存在しないと、どこかで分かっていたのだと思う。〝相方〟がいなくなったら、存在理由が無くなってしまう漫才コンビのようなものだが、お笑いのコンビの例を見ても、必ずしもお互い仲がいい訳ではない。

話半分で読み飛ばしていただいてかまわないが、うちの家族は全員〝スピリチュアル〟な人々だった。スピリチュアルと言うと、UFOや霊が見えるだとか、霊感が強いとか、アヤシイ印象を受けるが、現代的な表現をするならば、一種の〝高機能自閉症（サヴァン症候群）〟だ。たぶん人間は、縄文期頃までは、普通に行使していたはずだ。逆にその能力が劣っていれば、生き延びることすら困難だっただろう。弥生時代以降、支配する政権が発達し始めた頃から、人々は〝お上〟にお任せで、自分で物事を判断しないようになり、徐々にそんな能力は必要なくなり、忘れられていったのだろう。

妹などは、かなりスピリチュアル系の小説やエッセイを書いているので周知だと思う。しかし「あの論理的な吉本さんがスピリチュアルだとぉ？」と、お怒りになられるカタブツなおじさま方は、たとえばネイティブアメリカンの族長を想像してみてほしい。なんとなく父のイメージと重なると思う。

論理とスピリチュアルは、決して相反するものではない。まずインスピレーションありきで、そこに経験や修練によって得た知識の強固な裏打ちがあってこそ、父はあそこまでの仕事ができたのだと思っている。

父はUFOや心霊番組で、頭から否定する早稲田大学のO教授を見て、「う〜ん…この人は違うな」と発言したのを覚えているが、何がどう違うのか、その時には聞きそこねた。惜しいことをした。

一方母は、私や妹が面白半分でUFOや心霊番組を観ていると「フフン！　くだらない」と、せせら笑った、そのテのものを〝蛇蝎《だかつ》〟のごとく嫌っていた。しかし最も力が強かったのは、母だと思う。それは人にプレッシャーをかける能力であり、生前それには家族皆が振り回されたが、無意識下でも人の心理に働きかける。つまり〝夢の知らせ〟を受け取ったり送ったりすることが、ままあった。逆に父は、ひたすら深く潜行し受け止め感じる人だった。

ちなみに私と妹の間には、食べ物限定〝送受信〟能力が働く。妹もどこかで書いていたと思うが、うまくいけば「わ〜！　今日コレ食べたかったんだ」なのだが、逆にキャッチすると、持ち寄り料理丸かぶりなんてヒサンなことが起こる。実にバカバカしい能力だ。

どうでもいい話を書いてきたが、つまりは吉本家は皆カンがいい――程度に捉えていただいていい。

前回父が亡くなった時、深夜母の病室に入った際「母はキョロンと目を開けていた」と書いたが、実はその時強い違和感を感じた。父の気配を感じたのだ。大腿骨を骨折したばかりの母は、眠っている時以外は人の顔を見れば、「痛い痛い！」と訴えていたのに妙だ。その時は穏やかに話せた。「誰かいた？」と尋ねたが、「今日は痛くて眠れないのよ」と、トンチンカンな答えが返ってきただけだった。父が来て「お母ちゃん一緒に行こう」と誘うと「イヤよ！　多子がかわいそうじゃない」と、母が言う。父はすぐにあきらめて、その場を去って行った光景が、ありありと見えた。

私は色のついた夢を見るのだが、ほとんどが夜だったり雨が降っていたり、古い建物の中だったりと薄暗い。色鮮やかな夢を見た時は、たいがい何かの啓示だ。

とんでもない色彩の夢を見た。母のベッドがある2階の窓の外には広大な墓地が広がっているのだが、その向こうにそびえる都立K病院の隣に発射台があって、朝焼けの空に、今正にロケットが打ち上げられようとしている。私は興奮してベッドの母に、「ほら見て！すごいよロケットが打ち上がるよ！」と言うが、母は静かに微笑むだけだ。空は鮮やか――と言うより、まるでディズニー・ピクサーのアニメのような、毒々しいまでの紫からピンク色。墓地も家々もすべて紫とピンクに染まり、空に消えていくロケット、まばゆいばかりの金色の朝日の最初の1点、目が覚めて「何じゃ？　こりゃ～」私ゃ気でも狂ったのか？　と、しばし呆然とした。

それからほどなくして、また〝ピクサー〟色の夢を見た。私と母は並んで飛行船の最後尾の辺りに座っていた。座席にはぐるりと20人ほどの〝乗客〟が座っていた。老人もいた若い人も子供もいたが、なぜか会話もなく皆静かで穏やかだった。私は窓の外を見て、「ほらすごくキレイ！　見て！　あの雲の色、星！」と、ひとりで興奮して母に語りかけたが、この時も母は無言で微笑むだけだった。濃紺から紫、ピンクのグラデーションの夕暮れの空に、CGみたいに大きな星が、いくつか輝いていた。

母が亡くなったのは、10月の頭だった。雲ひとつ無い快晴の日で、ヘルパーさんが来るお昼前に母を起こして雨戸を開けた。もう蚊もいないし、気持ち良い風が入るので、窓を20㎝ほど開けておいた。

「ゆうべはあまり眠れなかったのよ」と母が言うので、「じゃ〜お昼食べたらまた寝れば」と言って、朝兼昼食の準備をしに階下に降りた。トーストを焼いていると、ヘルパーさんがやって来た。オムツ替えをしてくれる。食事ができた頃、ヘルパーさんが帰りぎわに、「奥様今日はよくお休みですね」と言うので、「あまり眠れなかったって言ってましたからねぇ。コレ食べたらまた寝てもらいますので」と、入れ替わりに2階に上がった。

母は確かによく寝ていた。「ほら、これだけ食べちゃお。そしたらまた寝ればいいから」と肩を揺さぶったが起きない。ほっぺたを叩いてみたが目覚めない。「あれ〜？？」と思い、脈を取ってみたが無い！　無いらしい。パンを口元に持っていき、「ほらアーンして！　アーン！」と大声で言ったが起きない。手鏡を口元に持っていったが曇らない。「ウッソだろ〜!?」私は幼い頃から母にはダマされ続けてきたので、まだ疑っていた。「ほらアーン！　アーン！」するとカッと目を見開きパンをパクッとやられる…しかし何度かやる内に、これはよくドラマで見る〝痛い〟場面じゃないか——と、気づき我に返った。

「どうも死んでるようなんですけど」と、マヌケな電話を〝訪問医〟にした。医師は「救急を呼びますか？　それとも死亡確認に行きますか？」と尋ねたが、「イヤ…もう死亡確認でいいです」と答えた。だってこれで死んでたら、こんなおめでたい死に方はあるだろうか。

よく生前父と母は、「私は尊厳死協会に入る」「イヤ！　死ぬ時は家族に任せるしかないんだ」と、論争をしていたが、正に母の望む通りの死に方になった。それも誰の手も煩わせることなく。

少し開けた窓から、気持ちの良い風が入ってきた。まったく〝今日は死ぬのにもってこいの日〟だ。ふとビジョンが見えた。父が来たのだ。「お母ちゃん一緒に行こうよ」「イヤよ、多子がかわいそうじゃないの」「もう大丈夫だよ。いいんだ」と、母の手を取った。2人はこの20㎝のすき間から行ってしまったのだ。

あの色鮮やかな夢は、母が見せた現代版「銀河鉄道」だったのだろう。私は〝ジョバンニ〟のように、その遥かな旅路の途中を垣間見たのだ。

蜃気楼の地

昨年の早春、新三河島駅のホームにいた。亡くなった母の戸籍を取りに行くためだ。母は父の前にも結婚歴がある。その時代の戸籍は葛飾区役所にある。「お花茶屋」で降りれば、歩いて10分くらいだろう。

ご存知の方も多いと思うが、銀行ってやつは、死亡したら即、口座を凍結する。故人の預金は引き出せないばかりか、生まれてから死ぬまでの、すべての戸籍を含める書類を揃えなければ、身内にだって残額すら教えてくれないのだ。労力に見合わないほどの金額だったら諦めちゃおうと思ったが、やはり気になる。お金にまつわる作業を何やら浅ましく感じつつも、母の前の結婚歴への好奇心に押されていた。

昼までのザアザア降りの雨は急速に上がり、陽が差し始めた午後のホームは、金色のもやに包まれていた。人もまばらで、田舎の単線のような駅から京成電車に乗る。千住の〝お化け煙突〟は、この辺だったかな…でも今は、〝お化けマンション〟群になっちゃってるよ。

その向こうには、見えつ隠れつ常に「東京スカイツリー」がそびえている。

実は我が家は、スカイツリーの絶妙絶景ポイントだ。スカイツリーまでは、直線距離で、7、8㎞だろうか。ショボすぎもせず、デカすぎで威圧的でもなく、女性的で美しい。うちの隣は名刹の広大な境内なので、春は寺の瓦屋根と満開の桜の上に、全身の4分の3ほどのスカイツリーが望める。

最初2階の母の部屋から見て、またすごい高層のマンションが建つんだ。方向からして日暮里辺りだろうか。それにしても、なんかネジれて妙な形のマンションだなあ…と思っていたが、その内ニュースなどで形を見て、「あれはスカイツリーなんだ！」と知った。日々スカイツリーが〝育って〟いくのを見ていた。その頃母は、2度目の大腿骨骨折で、ほとんど寝たきりだったが、スカイツリーの試験点灯の日には「ほらキレイ！　シャンパンタワーみたいだよ」とムリムリ起こして見せた。

何せ高尾山より高いのだから、あらゆる気象現象が見られる。雲に覆われまったく見えない日。てっぺんのゲイン塔だけが浮かんでいる日。黒雲を背景にやけにくっきりと間近に見える日。台風が近づく夜は、中腹をすごい速さで白雲が横切っていく。雷が落ち、虹がかかり、満月は必ずスカイツリーの辺りから昇る。母が寝たきりになり、この部屋で急死した晴れ渡った秋の午後、死亡確認のための訪問医の到着を待つ間も、母の最晩年の思い出は、常にスカイツリーと共にあった。

薄もやの京成電車に揺られ見るスカイツリーは、淡い空色のスクリーンに映る、巨大な蜃気楼のように現実感が無い。

思えば母が前の結婚生活を送ったのも、あの麓辺りだ。蜃気楼の地に、私の知らない時代の母の戸籍を取りに行く。母の生涯さえも、蜃気楼のように思えてきた。

Tの悲劇

かなり昔の話だ。80年代末だったと思う。父が京都の東本願寺に呼ばれて、講演をするというので、気候もいい頃だし、母と私も一緒にくっついて行こうかと、いうことになった。例によって父に、講演の際の規定は無く、「うちの者も一緒なんで、新幹線や宿は、こっちで適当にやりますよ」と、本願寺側に伝えた。

私は80年代頭まで、京都で学生をやっていたので、土地勘があるだろうと、宿探しを任された。街中じゃつまらないし、嵐山や大原まで行っちゃ不便すぎる。上京区の川沿い辺りが狙い目だ。

しかし両親は、原則和室がいいけど、日本旅館は食べたくもない夕食が、これでもかと出るからイヤだ。ベッドでもいいけど、ちょっとゴロゴロできる畳の間も欲しい。なんてムチャクチャハードルを上げてくるので、和洋折衷の部屋があるホテルとなると、かなり限られる。今でこそネットで調べられるが、当時はガイドブックしかないので、片っぱしから電話をかけていく。目ぼしいホテルを数件当たったが、どこも満室だった。こうなったら日本旅館でもいいかと、電話をかけるが、どこもいっぱいだ。そうだった。京都三大祭りの1つ「葵祭」と重なっていたのだ。あわてて東京駅構内の、最大手旅行代理店に駆け込んだ。こんな時には、生粋の京都人「三月書房」の宍戸のおじさん（先代店主）に頼めば、一発で〝いちげんさん〟の泊まれないような、隠れ宿を紹介してもらえたのだろうが、プライド（？）がじゃまをした。それは学生目線で、京都中の路地という路地を巡り、山道あぜ道まで自転車で走り回り、京都の魅力も暗部も再発見したという、煮ても焼いても、食ったら腹を下すようなプライドだ。

80年代は、まだ学生気分を引きずっていたので、飛び込みでビジネスホテルに泊まったり、大阪の友だちのアパートに泊めてもらったりしたが、今回はそうはいかなない。代理店で空き室情報を調べてもらうと、烏丸通りに面したビジネスホテルか、T屋という日本旅館の2件しかないという。そりゃあ日本旅館の方がいい。1人5万円と、かなりお高いが仕方ない。

T屋は本当に街中の、町屋が並ぶ狭い通りにあった。ほぼ向かい合って、同じようなH家という旅館がある――と書いたら、京都通の方は、もうお分かりだろう。しかし学生時代は〝高級〟とか〝格式〟とかとは、まったく無縁の、野生動物のような下宿生活を送ってきた私は、この京都の双璧とも呼べる老舗旅館の存在など、知る由もなかった。

案内されたのは、庭と言っても庭園ではなく、京町屋特有の（ちょっと広めの）坪庭に面した、10畳ほどの和室だった。1階なので採光は良くないが、清潔できちんと整えられていて申し分ない。毎夏泊まる西伊豆の常宿のように、畳がささくれて日焼けしてるとか、じゅうたんがシミだらけとか、エアコンからカビが吹き出すなんてことは、間違ってもない。ギリギリで取れた、残り物の部屋としては上出来だ。

ほどなく本願寺からの迎えが来たので父は出かけ、母と私は夕食まで少し時間があるので、三条辺りをブラブラしてくることにした。午後も遅めに始まる講演なので、父は終了後ご接待などがあるだろうから、夕食は2人分でいいと、宿には伝えてある。

京都の街は本当に変わらない。現在では全国チェーン店もジワジワ侵出してきたが、それでも基本トーンは変わらない。先鋭的な店舗があっても、はじけていない。どこか「居させてもろてます～」的で、千年の都の無言の圧に負けている。

寺町二条の「三月書房」にも寄った。宍戸さんのおじさんは（ご存知の方にはおなじみ）眼鏡の奥から、ジロリと上目でこちらを見ると、ニコッと微笑む。今日はT屋に泊まってることを告げると、「ほう、T屋さんですか」と、納得のご様子だ。ちなみに穴場のミョ～な宿だと、「またけったいなとこ泊まらはりますな～」と、あきれられる。

さて、今さら京都観光でもないし、そろそろ宿に戻って阪神戦でも観るか、ということになった。当時の東京の阪神ファンは、阪神戦に飢えていた。今でこそケーブルテレビやスカパーで、どこの地方でも観ることができるが、東京では対巨人戦以外は、テレビ放映は無かったのだ。関西には、阪神しか映らないありがたい「サンテレビ」がある。

宿に帰ると、今しがたご主人が戻ったが、荷物だけ置いて、またすぐに出かけたという。ご存知の方もおられると思うが、父は講演のたびに、模造紙の全紙を貼り合わせて、図表や重要なポイントを手書きした、でっかい手造りの巻き物を持っていく。それを壁などに貼り、プロジェクター代わりに、話を進めて行くのが名物だった。確かにあれを持っていたら、食事に行くにはじゃまだろう。

宿の女将が出てきた。荷物はもう移してあるので、部屋を替わってくれと言う。??何ごとだ? 宿の都合だろうか。まぁ、あの部屋では、まだ荷ほどきもしてないので、別にかまわないが…。訳が分からないまま案内されたのは、2階だった。

引き戸を開けると、広々とした靴(スリッパ)脱ぎスペース、4畳程の前室、12畳程の和室と、3段差になってすべてブチ抜きの、明るくて開放感のある部屋だった。心の中で「部屋あるんかい!」とツッ込んだ。(お飾りだけど)御簾なんか垂れている。女将が「先生を〝あのようなお部屋〟に、お泊めする訳にはいかしまへんので」と言う。

飲み込めた。父のことを東本願寺の人が、わざわざ迎えに来た。本願寺の人は〝先生〟と呼んでいた。いったい何者だ? と、あわてて調べ、正体が分かったので、もっと格上の部屋を——と、いうことなのだろう。

「はぁ〜」と、ため息をついた。このえも言われぬ気持ちの悪さは、何なんだろう？　なーんて言ってる場合じゃない。阪神戦だ。「テレビが無い！」と、母が叫んだ。ウソ！　格調高いお部屋には、テレビが無いのか？　探し回ると、正面の開き戸の中に隠されていた。「この旅館に泊まっといて、テレビなんて観るんかい？」という圧を感じたが、負けずに阪神戦をつけたけれど、どこか後ろめたい。「アホか！　そこは内角低めやろ（阪神戦は、なぜか関西弁になる）」ピカピカに磨き上げられた、お高そうな座卓にひじをつき、脚を投げ出して阪神戦を観てるところに仲居さんが来ると、2人ともピシッと居住まいを正す。「なんでこんなに気を遣うんだろね」と、母が言う。

夕食の時間になった。「お飲み物は、いかがなさいますか？」「お・ビールを」運ばれてきたのは、小ビン1本だった。あの小さくて薄くて繊細なグラスに、（たった）1本の小ビンが注ぎ分けられた。仲居さんが去った後、母と顔を見合わせた。

まずい…2人とも飲んべえだ。これでは10本以上空けることになる。なるべく食べる方に意識をシフトして、ペースを抑えようと相談したが、観戦しながらだと、ついついビールが進む。だいたいが、テレビをつけたまま懐石をいただいていること自体が、問題だろう。きっと内心「お行儀の悪い無作法な関東モンどすな〜」位思ってるに違いない――と、思ってしまう（たぶん間違いナイ）。

懐石料理は器からして高級で、間違いなく私の人生最高懐石だった（たいした数食べてないけど)。ビールは何とか、2人で5本に抑えた。

食事も終わろうという頃、父が帰ってきた。「何ごちそうになったの?」と尋ねると、「河原町のそば屋で、そば食ってきた」と父。「はぁ!?」事態が飲み込めなかった。「帰ったら誰もいないからさ、三条で映画観てきた」と言う。ええっ!? ご接待じゃなかったのか? 青ざめて今の状況を説明すると、父はウハウハと笑った。母も私も、時間的に、ではこの後一杯とか、一緒にご夕食でもというパターンだと思い込んでいた。別に本願寺がケチとか言っているのではない。思いの他早く(講演が)終わったのかも知れないし、もしかすると本願寺側は、T屋に泊まるのなら、夕食は一流の懐石だから、食事に誘うのは、かえって失礼だと、気を利かせたのかもしれない。宿にはバレたくない。とんでもない鬼嫁・鬼娘だと思われてしまう。

食後1人ふらりと散歩に出かけた。これもふらりとはいかない。下足番のおじさんが、私の底がパカパカのビルケンシュトックの薄汚ないサンダルをうやうやしく出してくれるのだから、いちいち気が引ける。夜の鴨川の河原を歩いて帰ると、お嬢様のお布団は、別のお部屋にご用意してありますと、案内されたのは、先程の〝あのようなお部屋〟だった。ど真ん中に、1つポツネンと布団が敷かれている。

2階の部屋に行き、母と冷蔵庫の中のビールで飲みなおす――と言っても、小ビン3本しか入っていないので、足りない。もちろん頼めば持ってきてくれるのだろうが、気が引ける。「お父ちゃんが飲んだことにしよう」と、父にも（1杯だけ）分けたりして、段々露悪的な気分になってきた。

こんな古い旅館の1階で、1人で寝るのは、なんか（お化け出そうで？）イヤな感じだ。じゃあ、お父ちゃんに、下の部屋で寝てもらおうか――という話になった。父は「いいよ～」と言うが、それをやったら本当に〝鬼〟と思われるだろう。さすがに思い留まった。我が家としては、父はどこでもすぐに寝られるし、母や私は遅くまでゴソゴソやってるので、それが合理的で、あたり前の考え方なのだが。負けた…何に？　この旅館の格式にだろうか？　イヤ…お値段で言ったら、もっと高級ホテルに泊まったこともあるし、老舗旅館だって数々あった。でもどこでだって、もっとくつろげたし、（モンスターじゃない範囲で）わがままだって言えた（特に母は）。何なのだろう？　この息苦しさは。

〝階級〟が存在する国がある。階級は、決して優れている劣っているの差別ではない。そのクラスに留まっている限り、中での自由や権利が担保される。京都は千年の昔から、何度も戦乱に巻き込まれてきた。その傍若無人な外敵から、京都たるアイデンティティを守るために、階級と同じく〝枠〟を作り上げたのだと思っている。学生枠、外国人枠、観光客枠――のように。実際、学生枠にいた頃は、自由で親切にされ、破天荒なふるまいも、大目に見てもらえた。

T屋では最初、観光客枠として〝あのようなお部屋〟をあてがわれていた。おそらくあの部屋のままなら、テレビをつけて食事して、ビールガンガン頼んでも、「まぁ東京の女性は、お行儀悪おすな」と、笑って大目に見られ、こちらもその目線に順じて、自由にふるまえたのだろう。それを東本願寺という（京都における）一大権威の登場によって、文化人枠に、カテゴライズされてしまったのだ（うちは全然文化人じゃないんだってば！）。もちろん文化人と言われる人でも、酒持ち込んだり芸妓さん呼んだりと、豪放磊落《ごうほうらいらく》にふるまう方もおられると思うが、文化人の妻（子）枠となると別だろう。別にそんなの気にせず、自由に思うがままふるまえばいいじゃないかと、何度も思ったが、一度カテゴライズされると、思った以上に、京都の場と時間が作り上げた、〝枠〟の厚さ強固さ、重さねちこさを詳細にまで意識させられる。

断っておくが、T屋は本当に素晴らしい旅館だ（帰ってからも、毎年年賀状をいただいたし）。スキがない…イヤ、何から何まで行き届いている。ただ母と私は（勝手に）〝京都〟に敗北して疲れ、父は映画観てそば食って、東京に帰っただけだ。

これが〝Tの悲劇〟として、何度も話題に上った、我が家の黒歴史である。

孤独のリング

先日、仏文学者で思想家で武道家の先生（ハイ！　もうどなたかお分かりですね）と、その娘さんとの往復書簡を読んでみた。武道家だけあって、思想もピシッとしてブレが無く、かつおごりも無く柔軟な姿勢に、一目置いていた。離婚も経験し、娘さんを1人で育てた方だし、娘さんとのやり取りは、どんなものだろう——と、興味がわいたのだ。

読んでみたら、打ちのめされた。ちゃんと親子としての対話（書簡）のキャッチボールになってるじゃん！　引き寄せたり譲ったり、時に質問を向け注意を喚起したり、気づいたり、相手を思いやり認めあっている——あり得ない…少なくともうちでは。敗北ともせん望ともつかない感情に、脱力した。

うちでは、まずこの企画自体が、成立しないだろう。対談（往復書簡もだが）は、よく気軽に依頼されがちだが、本当は実に難しい企画だと思う。少なくとも〝門前の小僧〟として、父の姿勢を見ていて、そう感じていた。

まず〝フィールド（土俵、リングでもいい）〟が揃っていなければ、成立しない。一方がバッターでホームランを狙い、一方がボクサーでカウンターパンチを狙ってたんじゃ、お話にならない。別に職種の違いを言っているのではない。たとえば一流野球選手と、ボクシングの世界チャンピオンとなら、トップアスリート同士の対談として、成立するだろう。しかし同じ〝野球〟という分野にいても、イチローと高校野球の4番バッターとでは、先生と生徒（あるいはスターとファン）となってしまう。さらに例を挙げるならば、同じ漫画家として、私と萩尾望都先生が対談したとしたら（手塚先生も水木先生も、死んじゃったからなぁ）、完全に憧れの人とファンであり、インタビュアーとインビューされる側に、役割が固定されてしまうだろう。

これは一見〝レベルの差〟とも見えるが、これまたちょっと違う気がする。〝深度〟あるいは〝垂直性〟と言うのが、一番近いかもしれない。別に有名無名とか、商業的に売れているかとは関係ない。あまり世に知られていない小説家や漫画家でも（ミュージシャンでも料理人でも）すべての〝表現者〟にあてはまるが「この人どうも〝底〟を見て帰ってきた人だな」と、感じる場合がある。その〝深さ〟の程度なのだ。つまり、水面からパチャパチャと、水中メガネで海底を覗いている人と、水深10ｍを自在に泳ぎ回っている人とでは、見ている世界が違うということだ。

また同じような〝深度〟にいても、まったく相手に興味が持てなかったり、熟練度の差なんかも関係してくるだろう。一方があまりにも場慣れしてなかったり、ムチャクチャロが重かったりすれば、もう一方が引き出し役に回って、サービスばかりで成立しない。

対談とはこんなに難しいのに、よく出版社は、てきとーなマッチングを持ってくるよな――と、ずっと父を見ていて思っていた（まぁ、よく断られてはいたけど）。また依頼を引き受けても、連続4回対談で本にするなんて企画を途中で「やめた」なんてこともあった。すべての対談が終了しても、いざ本にする段階になって、「やっぱりコレはダメだ！やめましょう」と〝ちゃぶ台返し〟することもあった。もちろん編集者はくい下がる。「それはないでしょう！　これだけの時間をかけて、相手の方にも時間をさいてもらったんだし」とくる訳だが、「それはこっちだって同じですよ」と、父にやられる。

スゴスゴと帰って行く編集さんたちを「まったくもってお気の毒」と見送りながらも、「やっぱヤラれたか…」と、どこかで予感していて、ちょいベロ出してた自分がいる。その位〝対談〟に対しては敏感になり、鍛えられてしまった。対談とは、本当にコワイものだと思っている。

父は〝バトルマニア〟だ。和気あいあいと、おしゃべりする気なら受けない。自分の〝リング〟に上がってきた者は、ボコるつもりで臨んでいる。パンチを受けても返せる者なら、リスペクトしあえて、良い対談となる。相手がかわしてばかりだったり、蹴りを入れてきたり、頭の上にちょうちょが飛んでいるような人では、お話にならない。面白いかもと思って戦ってみたら、実は〝フィールド（深度）〟がまったく違った、なんて場合も試合にならない。父が唯一（自分の方が）まったく〝土俵〟に上がれなかった――と言っていたのは、ミシェル・フーコー氏だけだった。

うちの妹は、父に〝いっぱしの小説家〟として認められ、対談をしたことがある。しかしその本は〝禁書〟となってしまった（お持ちの方もいると思うが）。対談の前から、家庭内には不穏な予感がただよっていた。妹には、「お父ちゃんの暴走をうまくコントロールしてくれ」と、頼んでいた。妹は「大丈夫！　私もこの道プロだから」と、言っていた。

父と作家としての妹――そこは良かった。多少父の方が〝先生〟役になったとしても、一応文芸評論家VS作家として、対話は成立していた。しかし家族の話題（実はそこが編集者の狙いなのは、分かっているが）、これはイケナイ。父はリングの下から〝凶器〟を取り出しそうになる。父自身が不安定で、攻撃的なサイクルでもあった（だいたい10年に1度位巡ってくる）。妹はなんとかセーブしていたが、見る者が見ると（って、家族だけだが）、冷や汗モノだった。対談本としても（評論家と作家としての部分以外は）、なっちゃないと思う。妹が、それ以上の〝泥沼〟に踏み込ませないよう、「そうですね」「なるほど」と、対話を打ち切っている部分が多いからだ（普通逆だろう）。

今でこそ、あの時のことをほくそ笑みながら書いているが、あの後に（家庭内で）起きたマグニチュード9クラスの激震は、思い出したくもない――と、抽象的な言い回しばかりだが、もしもあの本を持っている方が読み返してみても、どこがいけないのか、何が引っかかるのかは、お分かりにならないだろう。

そしてあの対談本は、本当に〝禁書〟となった。他社から文庫化の話もあったが、許可されなかった。今後もどこかで、収録の話が出るかもしれないが、私としてはどうでもいい。その時どんな状況、どんな精神状態であろうとも、間違いなく本人（父）の口から出た言葉（あるいは文章）なのだから、無かったことにはできない――という考えを持っている。だから父の死後、父が〝ちゃぶ台返し〟してしまった企画も（よほどインチキ企画でない限り）、ほとんど許諾してきた。しかし対談本には相手がいる。この本の場合、今も妹が亡き両親に義理を立てて許諾しなければ、永久にお蔵入りだ。それはそれでかまわない。

対談とは〝果し合い〟なのだ。家庭をブッ壊してもいい覚悟が無ければ、親子同士でやるもんじゃない。どこの家にもあるだろう、お互いに踏み込んではいけない領域が。見ない聞かない言わないことで、かろうじて〝家族〟は、成り立っているのだ（あれ？　うちだけか？）。

私は（少なくとも父の存命中には）一表現者として、父と邂逅することができなかった。つまり〝リング〟に上がる資格ナシ、だったので免れていたが、もしも私が父と対談をしたら（まず絶対引き受けねえし）、間違いなくお互い〝凶器〟を持ち出しての、〝場外乱闘〟

となっただろう。それをやったら、もう2度と〝家族〟には戻れまい。

吉本家は、薄氷を踏むような〝家族〟だった。父が10年に1度位荒れるのも、外的な要因に加えて、家がまた緊張と譲歩を強いられ、無条件に癒しをもたらす場ではなかった（父を癒したのは猫だけだ）。そのダブルパンチをくらい、耐えきれずに噴出したのだと思っている。でもそれは誰のせいでもない。過剰なまでの闇と孤独を抱えているのは、自分自身だからだ。吹きすさぶ氷雪に傷をさらしている時こそが、癒しだったからだ。父は生涯自分の孤独から、逃れられない人だったのだと思う。

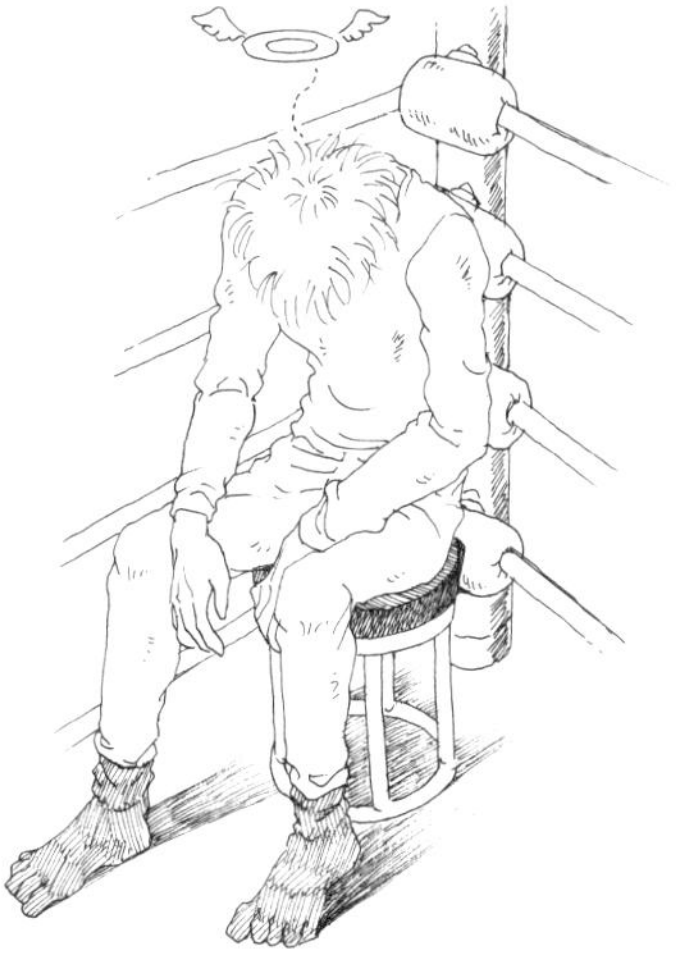

科学の子

父の本を読んでいると、つくづく「理系の文章だなぁ〜」と、思う。

とにかく不親切なのだ。発達障害の理系のように、説明をすっ飛ばす。他人も当然周知のこととして話を進める。感覚も理解度も、学習レベルも、自分と同等とみなしている。そこの部分を遍く懇切丁寧に、人々に説明し広めるのが、（父の大嫌いな）〝啓蒙〟というヤツだから、わざと避けているると思われるかもしれないが、違う。天然だ。

だいたいが父は、実生活においても〝形容詞〟というものを、ほとんど使わなかった。（そりゃ〜「暑い」「寒い」「痛い」などの、身体感覚は別だが）「悲しい」「寂しい」「ツライ」「くやしい」などの、心情を表わす形容詞は聞いたことがない。

形容詞の心情は定形だ。たとえば、「今とても寂しいんだ」と言われれば、何で寂しいのかの事情は異なれ、すべての人の胸の内に、あの寂寞とした、よるべない孤独感が浮かぶだろう。それは共同幻想——っつーか、共通意識だ。父は常にその外側にいた。その場所から形容詞を表現しようとすると、それはある時には〝詩〟になり、あるいは難解な理論となった。

私は発達障害レベルの数学（というより数字）オンチだ。たとえば「今日から11日後は何月何日？」と聞かれても、「アワワ！　アワワ？」だし、ヘタすりゃ今日の日にちも覚えちゃいない。お札も書類も、何度数えても毎回数が違う。認知症検査の「100から7ずつ引いていく」なんて、3度目位でつまずく。もはやボケ老人だ（はるか昔からだが）。

それなのに私は、獣医か、生物のフィールドワークをやりたかったので、（無謀にも）高3の時に「数Ⅲ」クラスを選択した。当然のことながら、数学も物理も化学も〝赤点〟だった。専門家だった父に、数学と化学を教えてもらっていた。

誰もがイヤイヤ丸暗記したであろう、「元素周期表」では、この世界は〝詩〟でできている——ということを教わった（というか、他は覚えていない）。ケプラーの「惑星の音」のように、この宇宙は、美しい法則性で満ちている（あるいは説明がつく）。余談だが、最新の量子力学や量子コンピューターの原理が、最も（論理派がキライな）スピリチュアルに近いのは、皮肉なことだ。詳しくは「シュレディンガーの猫」でも、ググってください——（にしても、何で猫なんだよ！　ネズミでもいいだろ！）。言ってしまえば、これでUFOや霊が見える人の説明だってつく。

あの〝亀の子〟の化学構造式も、単純にして美しい法則性だ。昨今コロナの消毒で有名になった、次亜塩素酸水や二酸化塩素って、どうなんだ？　と、調べたことがある。ちょっとでもpHがアルカリに傾くと、中毒を起こす障害持ちの猫がいたからだ。構造式を見ると、「あ、この空いている腕にO_2がくっつけば、中性か弱酸性だから無害だな」――位は、今でも分かる。多少は実生活でも、役に立っているということか。

猛毒の硫酸だって、適量の水酸化ナトリウム溶液を（適切な方法で）加えていけば、タダの水になっちゃう。飲むことだってできるのだ（良い子は決してマネをしないでください）。これってロマンだと思った。その適量を導く数式は、とうに忘れてしまったけれど。しかしいかんせん、数字と数式が壊滅的だったので、残り3ヶ月で、美術系に変更することになったのだが。

だから今回のコロナ騒動も、東日本大震災の時の、福島原発放射能モレも、むやみに恐れることはなかった。マスコミや、専門家と称する人たちの言うことも、信用しなかった。自分の〝内なる科学〞だけを信じることができた。

原発事故は、周辺の人々は正しく被害者という他ないが、正直東京や首都圏辺りで騒いでいる人たちの、気が知れなかった。風向きと降雨で、濃厚なヤツが降り注いじゃった〝ホットスポット〞なんて場所もあったが、誰かそこで砂風呂でもやるのか？　舎弟のガンちゃんが、「考えてみりゃオレなんて、原爆から10年ちょいしかたってない頃、長崎の郊外で、ガレキほじくって遊んでたんだよな～」と言った。「良かったね。子種なくならないで（ハイ！　下品です。コンプラ無視です）」。でも、そんなもんなのだ。首都圏なんて、ミリシーベルト、マイクロシーベルトの単位だ。金持ち老人大好き、人間ドックのX線やCT検査の方が、よほど短期集中被曝すると思うのだが。

だから（検査済み）福島県産の野菜や、魚介類が出回るようになったら、率先して買うようにした。非力な私が、少しでも被災した生産地を応援できるのは、この方法しかないからだ。決して国会の前で、「原発反対！」と、叫ぶことではない。しかし誰もが、福島県産を敬遠するせいか、けっこうモノの鮮度が落ちてしまっている。これには閉口した。こんなささやかな生活の中でも、頑張る生産者を痛めつけたのだ。

その頃、父がまたやらかしてくれた〝非科学〟は、ほとんど不可抗力だった。かつて『「反核」異論』を書いた人だから、今回の原発事故についても、何か面白いことを言ってくれるんじゃないか――と言うより、期待した某雑誌の、インタビュー依頼を受けた。この頃の父は、眼はほとんど盲目に近く、インタビュー原稿のゲラチェックをする体力もなかった。まったくノータッチだったのだ。私もザッと読みしかしてないが、「まぁ、この程度、当然言うだろうな」位の内容だったと思う。しかし編集者（だか編集部の総意だか）が、「原発をやめたら猿になる」という、ヒジョ〜に煽情的なタイトルをつけてくれた。父の死まで、1年を切っていた頃だ。煽情的なタイトルだけが、1人歩きした。（右寄りの）当時の都知事にも利用されたりした。完全なミスリードだ。

まぁ、こんなのは「オウム」の時もあったし、今回ご当人はほとんど知らないのだから、ヤレヤレ…説明をすっ飛ばすから、面倒くさいことになるんだぞ、オヤジ——程度の、慣れたもんだった。

父の死後、3ヶ月ほどたった夏の始めだったと思う。電話がかかってきた。出ると、「あのぅ…ご無沙汰してます。坂本龍一です」と言うので驚いた。事務所でもマネージャーでもなく、いきなりご本人だったのは、意外だった。「わぁ〜お久しぶりですね」。坂本さんは80年代には、父がいようがいまいが、フラッとアポなしで、よく我が家を訪れたものだ。「あの〜吉本さんのお仏壇をお参りしたいのですが」と言う。もちろん「どうぞ、どうぞ」だ。数日後、本当に彼は1人ポツネンと、大きな花束を抱えてやって来た。昔もこうやって、大きなアイビーの鉢を抱えてきてくれたことを思い出した。

ちなみにそのアイビーは、茂りすぎたので、家の裏の土におろした。皆〝坂本さんのツタ〟と呼んでいた。坂本さんのツタは、大きな葉を茂らせて、今でも家の裏側を埋めつくしている。

坂本さんは、お仏壇に手を合わせると、開口一番「あのぅ…吉本さんは、原発について、どうおっしゃってましたか?」と、ボソボソと尋ねる。(悪いけど)ちょっと吹き出しそうになった。本当に父親を亡くしたばかりの、心細そうな少年の顔をしていた。

やっぱり気にしてたんだ。

その頃坂本さんは、「たかが電気のために、なんで命を危険にさらすのか」という発言だけが切り取られ、1人歩きして、「電気を使った音楽で食ってるお前が言うな！」的な誹謗中傷に、さらされていたのだと思う。ヨ…弱い。

「何も特別なことは、言ってないと思いますよ」。人が〝火〟を見出してしまったからには、決してそれ以前の生活には戻れない。その扱いについても、後始末についても、代替エネルギーにしろ新エネルギーにしろ、もう人類は永遠に〝火〟と向き合って、考え続けねばならない。「一貫して、その考えでしたから」――ってなことを話したと思う。それこそ猿でも分かる論理だ。

そして父は、自分たちこそが〝絶対善〟それ以外の考えは、絶対に〝悪〟という理念から徒党を組み活動することを最も嫌ったが、それは別に言わなかった。

坂本さんは、また1人トボトボと帰って行った。

父は、ごく親しい人や身内には、「〝核のゴミ〟なんてな、埋めとくこたない。ロケットに積んで、太陽にブチ込んじゃえばいいんだ」と、言っていた。「日本じゃムリだから、どっかモンゴルとか、アリゾナの平原なんかで、もしも落っこちたら、多額の賠償金支払うって約束でさ」。そりゃ〜失敗は許されない。メチャクチャ真剣に取り組むだろうよ。技術的には、決して不可能ではない。実際いくつもの探査機が、太陽まで行っている（もちろんＪＡＸＡの探査機も）。〝ブチ込んじゃう〟のは、スイングバイで戻って来るより、はるかに簡単だ。当然ものすごい金がかかるだろう。しかしこれまでに、ものすごい金をかけて開発された〝核〟だ。ものすごい金をかけて回収するのが、人類の責任というものではないだろうか。そのためには、すべての国が手を組み、技術を結集させねばならないだろう。なんなら〝テメエらの国の核弾頭〟も、ついでにブチ込んじゃいましょうよ。

そんなのは漫画だ。夢物語だと、誰もが言うだろう。それでも人類は、そこに向かって考えねばならない。放棄することはできない。人類滅亡と、どっちが早いか分からないけれど、考え続けねばならない――と、こんなところが、不親切な父がすっ飛ばした胸の内であると、勝手に補完してみましたが――ま、信じるか信じないかは、アナタ次第ですけどね。しかし父は、すべてを長い長いスパンで考えていた。それだけは確かだ。それはもちろん、自分の寿命なんかをはるかに越えている。天文学者も物理学者も、生物学者も考古学者も、皆「ああ、自分の寿命が足りない！」と思いつつ、後世に託すのだ。それが理系の宿命なのだ。

初代アニメ『鉄腕アトム』の、（トラウマ級）ラストをご存知だろうか？　アトムは暴走し始めた太陽を鎮める物質が入った、巨大なカプセルを抱え、地球に、家族に別れを告げて、太陽に突っ込んで行くのだ。

太陽に〝核〟をブチ込む初号機が完成した時には、ぜひ「アトム」と、名づけてもらいたいものだ。

形而上の形身

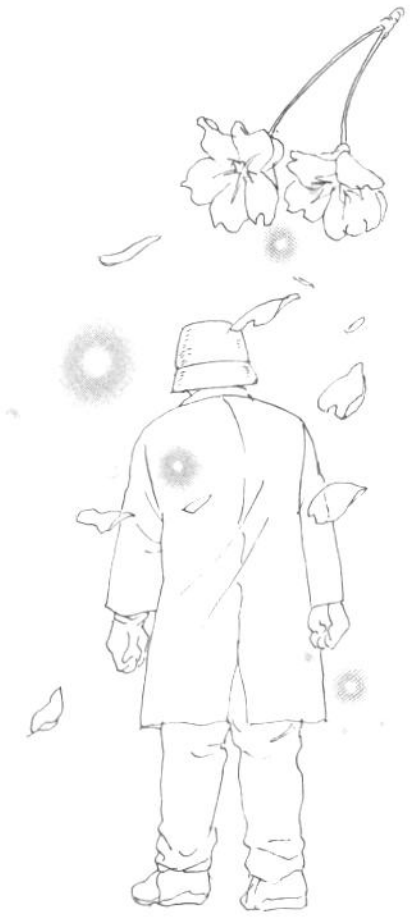

父が亡くなってしばらくした頃、妹が父の形身として、船大工だった祖父が作った、洋服箪笥が欲しいと言うので、父の衣服の整理に腰を上げた。
洋服箪笥の中身は、むしろ少なく、書斎にも奥の客間の押し入れにも、父の衣類は山積みになっている。シミや穴だらけの下着は捨てるとして、たいがいが頂き物だ。（以前にも書いたが）父は自分の使い勝手の良い物だけをローテーションで着るので、1度袖を通した位の衣類が積み上げられている。とにかく服だけは、早く整理したい。なぜなら、積み上げた服の間に、ひと口かじっただけの饅頭が、挟まっていたりするからだ（実際にあった）。
私は濃紺のロング丈のオーバーコートを貰っておくことにした。これは私が幼稚園の頃から父が着ていた。これを着て仕事（特許事務所）に出かけて行く父の後姿は、記憶に残っている。そのままでも、まぁ着られるが、肩幅は広いし重たいし、いつか仕立て直してもらおうとは思っていても、冬はつい、軽くて暖かいファストファッションに流れてしまい、いまだそのままだ。

弔問に訪れてくれたお客さんにも、父の書斎を見てもらう時、「よろしかったら、何かお持ちください」と、持って行ってもらった。迷う方には、「コレなんか、じゃまになりませんよ」と、ぶら下げておいたネクタイを勧めた。ネクタイは、時代によって流行りの幅があるので、実際使うにはダサイ物もあるが、気合いを入れたい時、腹に締めたり、宴会で鉢巻きにしてもいい。丸めて携帯しておけば、災害時の止血にも使える（マジで）。お守りとして、持っていてソンは無い。

昔からの読者の方が弔問に訪れた。昔は2、3ヶ月に1度位のペースで訪れて来ては（時に子供らも連れて）、父の話を聞くと言うよりは、どちらかと言うと自分の仕事の現状や、自慢話を長々としゃべっていく人だった。私はあまり興味が持てない人だったので、それ以上の印象は無い。その人が書斎を見ている時、「何か1つ形身にお持ちください」と言うと、「えっ！　いいんですか？」と彼は書斎を見回し、「じゃあこれを」と、30㎝程の魚の形をした（中東辺りの？）真鍮の守り刀を手に取った。「ええ〜っ!?　いいんですか？だってソレ、誰かのみやげ物で、父には何の思い入れも無いと思いますよ」と念を押したが、「いやぁ、これが吉本の書斎にあったってだけで、自慢できますよ！」と、意気揚々と持ち帰って行ったので、ア然とした。

糸井重里さんは、「何か書く物がいいな。ペンとか」と言う。父は昔は万年筆派で、最初はパーカー、それからはモンブランを愛用していた。亡くなる10年以上前から、視力の低下で万年筆の表と裏が分からなくなり、晩年はどこの文具店にも売っている、水性ボールペンを使っていた。昔のモンブランが数本残っていたので見せたが、どれも書けない。果たしてカートリッジを入れ替えても、使えるかどうか。糸井さんは「これちょっと全部借りてっていい?」と持ち帰ると、後日再び持って来て、「コレとコレとコレが書けた。後はダメだった」と、その中の1本を持って帰った。近所にモンブランの専門店があったので、メンテナンスに出してくれたのだと言う（え〜っ!?　モンブランのメンテって、お高いのに）。

形身分けって些細なやり取りだけど、実はかなり露骨に人間性が現れるのだと知り、興味深かった。

ちなみに、「晶文社」の社長は、「なるべく先生が、最後の頃まで使っておられた物を」と、最晩年まで食卓で使っていた、湯呑みを選んだ。「これで焼酎のお湯割り飲みま〜す！」と、喜んでいた（良いチョイスだと思います）。

さて――この社長も含め、皆の心をモヤモヤとさせている〝形身〞がある。よく写真に写っているので、覚えのある方も多いだろう。皮の肘当て肩当ての付いた、モスグリーンのアーマーセーターだ。同じ物が3着あったが、2着は皮の部分が、あまりにもシミだらけなので、処分した。父が亡くなって間もなく、ちょっとした集まりの時に父の衣類を並べ、「どれでも使えそうなの持ってってって」と、〝お店開き〟をした。その時「じゃ、ボクこれ」と、迷い無くアーマーセーターを選んだのが、Oさんだった。一瞬「うっ！」と、思った。なぜなら他のどの服も小物も、リアルに父を思い出させる物では無かった。唯一このセーターだけが、晩年の父の姿そのものだったからだ。ではなぜこの場に並べたのか――正直、誰も選ばないだろうと思っていた。クリーニングに出したとは言え、皮の肘当て部分は、かなり汚れている。残ったら心置きなく捨てられる。そして父の姿を留めたまま、天に返せる。おそらく、私自身の〝執着〟を手放すための〝儀式〟が、ここでワンクッション必要だったのだ。

「それをだよ〜Oよ！」実はOさん（友人なのでグサグサ言うが）、悪気無く意表を突き、人を脱力させる天才なのだ。

最初に父の書斎でOさんに、「何か欲しい物があったら持ってって」と言った時、「じゃあ、コレ」と指差したのは「藤田まこと」の色紙だった。「そっ、それはっ…」その色紙は、当時東映に勤めていた妹の友人が、藤田さんに頼んで書いてもらった物だ（ちゃんと父への署名も入っている）。父は藤田さんのファンだった。テレビドラマは、かかさず観ていた。「うサイン嫌いの藤田さんも、「吉本先生の頼みなら」と、心良く書いてくれた物なのだ。「う〜ん…それはこの書斎の看板だからなぁ〜」と、前言撤回してお断わりしたのは、後にも先にもこれ1度きりだ。彼のふい討ちは、〝膝カックン〟のように、人の心をくじくのだ。正しく彼の人となり、そのものの形身分けとなった（あ、でもちゃんと着てくれているんだから、いいんですよ〜）。

冬場たまたま、社長とOさんが同席した時、「ああ〜っ！　そのセーター！」と、社長は息を呑み、嫉妬の炎を燃やした。「晶文社」では、Oさんを酔い覚ましの風呂に誘導し、その間にセーターをすり替え、奪おうという悪巧みも計画されている。

形の無い〝形身〟を受け取っている人も、多いはずだ。その力に突き動かされて、たとえば父の全集を支えてくれている人たち、1日1行でも書き続けたり、作り続けたりして、何か1つでも形に残せたなら、もちろんそれは素晴らしい。

ちょっと奇妙な話をする。形而下で言えばすべてが「気のせい」「思い込み」と、全否定することもできるが、私の基準で言うのなら、形而上（スピリチュアル？）の、形身のやり取りの話だ。

私が勝手に「賢治」と呼んでいる人がいる。10数年前に最初に見た頃、あの有名な宮沢賢治の写真みたいな、帽子とコート姿で歩いていたからだ。賢治とは、深夜の1時頃に出会う。その頃私は〝猫巡回〟と称して、深夜1周800m程を猫にエサをやり観察しながら、自転車で走っていた。賢治とは、そのどこかの地点ですれ違ったり、追い越したりしていた。帽子を目深にかぶり、深夜なので表情もまったく分からない。ただ同じ歩調で淡々と歩いていた。長身でちょっと猫背で、私よりは年上だと思われた。後ろから見ると、身体が少し左に傾いているので、脳梗塞などのリハビリで歩いているんだろな――と、思われた。夏でも手袋と長袖なので、もしかすると何らかの事故かもしれない。

2人共誤差2、3分程度で、毎晩同じそれぞれのコースを行くので、必ずどこかの地点で、すれ違ったり追い越したり、通りの向こうの姿を見かけたりする。私も雨ニモマケズ風ニモマケズ、かなりしぶとく〝猫巡回〟を続けているが（何せ親が死んでも行くんだから）、賢治も多少の雨なら歩く。うちの隣の寺の門がゴールで、そこで（何かの願を掛けているのか）深々と礼をして戻って行く。すれ違う時刻と地点とで、（別に後をつけてる訳でもないのに）次第にコースが見えてくる。賢治は、うちから400m程先の神社の後ろ辺りに住んでいる。深夜1時きっかりに家を出る。しかしそれは、賢治の方も同じだったことだろう。ある時、「この人、父の読者だ」と、直感した。賢治は私がうちの私道から、自転車で出るところも目撃しているはずだ。だからきっと、私の〝正体〟も知っている。それでもお互い「コンバンワ」もない。ただすれ違う赤の他人（以上の）他人感で、すれ違う。かなりの〝手練れ〟だ。

父が亡くなって2、3日後のことだ。ふと門灯の上に、小さな2輪の山桜が置いてあるのを見つけた。「賢治だ！」と確信した。なぜならまだ3月半ば、桜の時期にはまだ早く、うちの周辺には花は無い。その山桜は、賢治の近所の神社に1本咲いているだけだ。門灯の小さな桜は誰にも気づかれず、しおれてチリとなって、風に吹かれて消えてしまったことだろう。もちろん賢治は想定済みだ。しかし父を〝悼む〟想いだけが、永遠にこの世界に刻印される。残念ながら（?）私はカンがいい。その小さな山桜をおちょこの水に入れ、父に供えた。

数年前に、私は自転車で転んで（それも酔っぱらい運転で）大腿骨を骨折し、夜中の〝猫巡回〟は、やめざるを得なくなった。それでも深夜1時過ぎに、近くの駐車場の〝常連〟にエサをやりに行くと、たまに賢治とすれ違う（もちろんお互いガン無視をして）。賢治は相変わらず、目深に帽子をかぶっているが、今はブルゾン姿で、以前より体幹がしっかりしたように思えた。

今年に入ってからのことだ。駐車場で猫にエサをやっていると、後ろをタッタッタと、小走りに駆け抜けて行く人がいる。コロナで運動不足になる昨今だ。夜中にジョギングする人は珍しくない。2、3度その人とすれ違った時、突然気づいた。「賢治だ！」同じ帽子をかぶっている。行きは歩いて寺の門前まで来て礼をして、帰りは400mを走って帰る。10数年をかけて、彼はそれができるまでになったんだ。私は激しく自分を恥じた。敗北感に打ちのめされた。賢治が1歩1歩前に進んでいる10数年の間に、私は人工股関節になり、2度がんをやり体を壊し、もう婆さんだからと自嘲をし…「何やってたんだ！」。

父の真の形身を受け取ったのは、こうした無名の市井の人なのだと思う。

一片の追悼

小関直さんが死んだ。

——と、言ったところで、ごく一部の編集者の方以外は、「誰じゃ？　それ」だろう。

でも、ここで私が書き留めておかなければ、ただ市井の人が1人、この世から消えた——で、終わってしまうから（誰だってそうなんだけど）、何の痕跡も残さず永遠に忘れ去られてしまうから、せめてその名を文字に残しておこう。だってズルイじゃないか。〝名編集者〟と言われた人、メジャーではなくとも佳い詩人、俳人、評論家——皆、誰かしら友人や仲間やらが、ささやかでも追悼を寄せるだろう。どんなに小さくとも、それは墓標として残る。小関さんには〝お仲間〟なんていない。誰ともつるまないし、ぶつからない。だから何も残らない。もしかすると、それこそが彼の〝意図〟したことだったのかもしれないが、とは言え、私が小関さんの何を知っている訳でもない。

小関さんは「春秋社」の編集者だった。父の『最後の親鸞』以降『アフリカ的段階について』までを手掛けた人であり、父の『試行』の校正を終刊まで、やってくれていた人だ。小関さんが父の担当となったのは70年代前半なので、あの66年「全日空羽田沖墜落事故」で亡くなった、伝説の名編集者、岩淵五郎さんの後継ということになる。

小関さんの編集者としての功績に関しては、当時の同業編集者の方々の方が、私よりはるかに詳しいだろう。小関さんが担当編集者として、足しげく父のところに出入りしていた70年代前半、私は家にいれば漫画、外にいれば映画か路線バスで爆睡の、ヤクザな高校生で、この年頃のご多分に漏れず、親の仕事や人間関係なんぞには、一切興味が無かったんだから。

しかしその頃、いつの間にやら（な〜んでか）父と小関さんは、親しくなっていた。〝親密〟という言葉の方が、似合っているかもしれない。岩淵さんのように〝盟友〟ではなく、親戚のように、昔からの友人のようにだ。その内家族ぐるみで、付き合うようになった。新婚だった小関夫妻と、うちとで豊島園に遊びに行き、帰りに小関さんのアパートで、〝奥様〟の手料理をごちそうになったこともあった。吉本家名物だった〝お花見〟も、一番最初は小関夫妻とうちと、母の親友〝あっこおばちゃん〟とで、小金井公園でやった。小関さんとうちの妹は、キャッチボールをやった。一緒にハイキングにも行った。妹（と、その友だち）は、小関さんに神宮球場や、甲子園にまで連れて行ってもらった。夏の恒例西伊豆の土肥も、最初に加わったのは、新婚の小関夫妻だった。やがて長男が生まれ、翌年にはベビーカーに乗せてやって来た。うちが本駒込に引っ越した時、前の千駄木の家は、小関家に譲った（もちろんタダでじゃないけどね）。

さて――ここで邪推する人がいるといけないので、断じて言うが、小関さんは決して父に、おもねって取り入った訳ではない。むしろそこからは、最も遠い人だ。父の方もそういった人の作為には、最も敏感な人間だ。ただ2人とも、仕事上の付き合いにおいても、実の家族や親戚においても、埋めることができなかった〝一片〟をお互いの中に見出したのかもしれない。そんな気がする。

小関さんには、一切の打算も掛け引きも無かった。父が「コレ書きたいんですよ」と言えば、「いいですね」と2人で楽しげに、打ち合わせをしていた。「それはちょっと～採算的に難しいですよ」なーんてことは、（あったに違いないが）無い。社内的には、無理を通したことも、キビシイ立場に立たされた場面もあっただろう。ただその一切を父に見せたことは無かった。そこが編集者として、父が全幅の信頼を置いていたところの1つだろう。

父は「名編集者ってのはな、どんなに〆切に遅れようが、著者には一切イヤな顔見せず、（印刷屋や上司の）板挟みとなって、すべての責任をひっかぶってくれる人だ」と、言っていた（そのセリフ私も言いたいよ！）。小関さんは、正にそんな人だった。

父の担当編集者だった人は、少なからず父から議論――とまではいかずとも、「イヤ！

それは違いますよ」などと、異論を唱えられた経験があっただろう。しかし父と小関さんは、1度たりともぶつかったことが無かった。いつも2人でニコニコしながら、小声でボソボソと語らっていた。小関妻と私は、「や〜ね〜あの2人、女子高生みたいね。不気味だわね〜」などと陰口をたたいていた(ちなみに小関妻と私も、出会った時から生涯無二の〝珍友〟となって今に至る)。なので小関夫の情報源は、女同士の〝井戸端〟で語られる夫のグチな訳だが、その中から見えてきたことも多い。

父と小関さんとは、驚くほど似かよった〝負〟の側面がある。それはとにかく〝面倒くさい〟ところだ。家族が〝1〟を言えば〝100〟言い募る。それも急角度すぎて、キャッチ不可能バックネット直撃の〝暴投〟がだ。

たとえば小関妻が、「今日は空が青いわね」と言えば、「そうだね、いい天気だね」が普通の夫婦の会話だろう。ところが小関夫は、決して肯定から入ることはなく、「キミはコレを青いと言うのか?」「青というのはだな——」と、100の理屈がついてくるそうだ。そこは本当に父と似ている。私が乳がんと診断された時、「へっへ〜がんだったよ。お父ちゃんより先に死んじゃうかもね」と言うと、「イヤ、キミ病気というものはだな——」って、そこからか〜い!「いいからっ! もう聞きたくない!」と、話をさえ切って逃げたことがある。まず疑いから入る。柔軟な共感能力が欠如している。広義的にはあるのだろうが、そこに至るまでが面倒くさすぎるのだ。イヤ…そここそが、父の思考のすべてを支えているのだとは分かるが、フツーの人にはついていけない。日常的にこれにさらされる家族は、たまったもんじゃない。

そんな2人が、お互いの間には〝肯定〟しか存在しない——って感じで語らっているのだから、人間って分からない。

これを言うと、嫉妬の炎に狂う〝吉本主義者〟もいらっしゃるかと思うが、もう2人とも死んじゃったんだからいいだろう。大人数の集まりの時に、小関さんは決して父に近づかなかった。まったく存在を消してしまう。数人が集まって父について語っている場でも、小関さんは発言をしない。ただ黙って聞いているだけだ。そこには父と自分の間には、100％の理解と信頼があるという、絶対的な自信が存在した——って、書いてるだけで不気味だが、あながち間違ってはいない。父にとっても、そういう稀有な関係性であったことは確かだ。

小関さんは、60歳の定年でスパッと「春秋社」をやめた（今時なかなかそんな人はいないだろう）。テレビで野球を観たり、時々音楽会に行く以外、特に趣味も無い人だったので、妻が「何か仕事やってみたら？」と提案したら、「まだオレに働かせる気か」と怒ったそうだ。父の担当編集者だった人は、今でも意欲的に父の著作を掘り起こしてまとめたり、父との思い出を著書として発行したりと、フリーの編集者として活躍されている方も多いが、小関さんは本当に沈黙した。乞われても何一つ発言も、書き記すこともしなかった。

ただ定年後の無聊《ぶりょう》オヤジよろしく、本読んでゴロゴロして、テレビ観てうたた寝して、時に活動的（過ぎ）な妻に引っ張り出されて、散歩や音楽会に出かけ、そしてたまにうちに寄っては、父と2人キッチンでお茶を飲みながら、女子高生のようにウフウフ、ボソボソとしゃべって帰って行った。

正直私は、会社をやめた当初から「ヤバイな」と思っていた。小関さんは〝何か〟を放棄した——と、感じた。その時点で、〝編集人〟として父と関われる〝限界〟と、意識下で自分で自分を見切ったのだと思う。

特に父の死後、それは顕著だった。下り坂を決して戻ることのない、心身共に老いて弱っていく〝フレイル〟の過程を一直線だった。

2020年の9月に小関さんは、急に立てなくなり、病院にかつぎ込まれた。その時初めて、かなり進行した肺がんが、胸椎に転移していたための下半身麻痺だと分かった。コロナ騒動の最中でもあり、お見舞いにすら行けないので、小関妻は態勢を整えると10月頭に、小関さんを自宅に連れ帰った。その時点で、余命半年「もうちょっと短いかも」とは、医師に告げられていた。でも、もしも小関さんに（生きる）意欲が、〝生〟へのエネルギーがあったなら、まず放射線で胸椎の転移がんをたたき、そしてリハビリすれば、動くことができる。そうすれば、息子家族たちとの1泊旅行会食とかだって可能だったろう。この状態のがんなら、うまくやれば余命半年どころか、人によっては1年以上生きられたかもしれない。でもそのエネルギーが、すべて尽きていたのだから仕方ない。それを決められるのは、本人だけだ。家に帰ってから、1ヶ月と10日程の、眠っている間の死だった。

私は小関さんの死は、定年の時何かを放棄してから20年余りをかけた、緩慢な自殺だと思っている。父への殉死だったのかもしれない。

あの世でまた、父とお茶を飲みお菓子を食べながら、女子高生トークをしている姿を思い浮かべると、（悪いけど）笑っちゃうのだ。

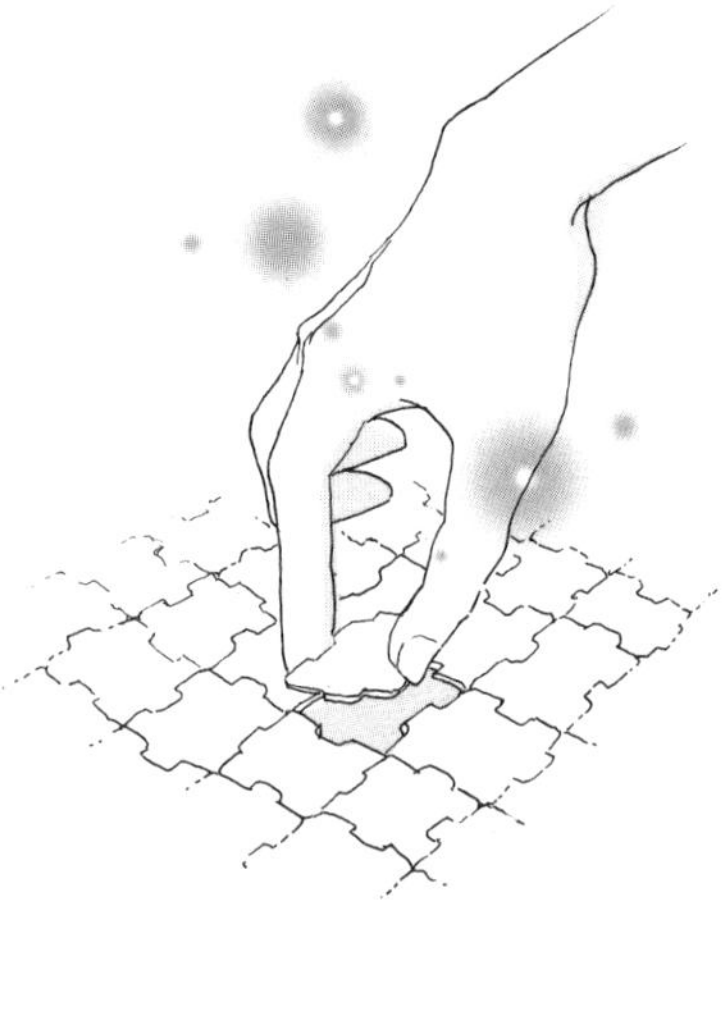

手放す人

前回に続き、小関直さんの話から始まるが、小関さんが妻へ残した最後の言葉が、「もう1度『最後の親鸞』をちゃんと読めよ」だったそうだ。「これまでありがとう」でも「子供たちと仲良くな」でもなく、「それか〜い!!」と、小関妻とあきれ果てた。どんだけの〝吉本愛〟なんだ。

さて——その小関さんの遺品を整理していた妻が、大量の父の生原稿を〝発掘〟した。小関妻は、「私が持ってたって仕方ないから、返却する」と言う。段ボール1箱位だと思ったので、「じゃあ（舎弟の）ガンちゃんに、チャリで取りに行かせるよ」と言うと、そんな量ではないそうだ。

『最後の親鸞』はもちろん、小関さんが手掛けた物だから、『アフリカ的段階について』もあるだろう。「春秋社」から出版された物は、ほとんどあるだろうし、もしかすると『試行』時代の『情況への発言』なんかも、あるかもしれない。どうりでうちには、父のまとまった原稿が無いはずだ。

小関妻も私も、興味もヤル気も無い人間なので、原稿はまだ小関家に保留のまま、内容も精査していない。悪辣な2人なので、「ナマ原ヤフオクで売っ払って、パーっと世界一周でも行くか（イヤ…せいぜい日本一周だろうが）」なーんて言っているが、それをやったら〝稀代の鬼娘〟として名が残りそうなので、（とりあえずは）やめておく。

しかし父は、「いいよいいよ、かまわないよ」と、思っていることは分かっている。父は書き終えて、出版社に渡した原稿は、基本返却無用だった。「いいですよ持っといてください。いらなかったら、うっちゃって（捨てちゃって）ください」という、担当編集者とのやり取りは、何度も聞いている。講演の際の〝名物〟、全紙大の模造紙を貼り合わせた、デッカイ手書きの〝巻物〟も、ほとんどの場合主催者側に、「どうぞどうぞ、いらなかったら捨てちゃってください」と、置いてきた。

新聞に依頼された、数枚程の連載エッセイの原稿などは、FAXで送り終えると、グシャグシャッと丸めて、ゴミ袋にポイしていた。さすがに掲載されるまでは、何か途中でトラブったらマズかろうと、（気がついた限りは）拾い上げて伸ばし、ファイルに取っておいたが。

某有名編集者が、村上春樹氏の生原稿を売っ払ってしまったという事件（？）があった。編集者Yさんは、重い病気だった。きっとご家族も、お金が必要だったのだろう。父は、「金に困った時は、そんなのかまわねぇんだよ」と言っていた。しかしうちの妹には、「作家にとって、生原稿をアカの他人に見られるっていうのは、裸を見られる位恥ずかしいことなんだよ！」と叱られて、「イヤ〜そうか〜そういう考え方もあるんだな」と、（多少は）反省していたようだが。

なので父とかかわった、多くの出版社が、父の原稿を所有しているはずだ（中にはホントに〝うっちゃっちゃった〟ところも、あるかもしれないが）。たいがいの場合、会社の倉庫にでも放り込まれたまま、当時の担当編集者が退職し代が替わり、忘れ去られたまま埋もれているだろう。まれに小関さんのように、個人で保管してくれる人がいても、もしもご本人が亡くなったりしたら、家族は訳の分からんゴミとして、遺品整理の時に処分されてしまう。そういう意味で、入力原稿が主流となった今、後10年位が、手書き原稿存在自体の〝崖っぷち〟となるだろう。

父の最後の手書き原稿となった『ｄａｎｃｙｕ』の原稿は、眼がほとんど見えていなかったので、原稿用紙のマス目にも収まらず、ウニャウニャと斜めにそれ、ペンがかすれて消えているのにも気づかず、ただ空白が続いていたり、原稿用紙から外れて、机に文字を書いていたりと、もはやアートの域だった。父は老いと戦っていたのだ。担当編集者のＥさんもまた、ただでさえ〆切を過ぎているのに（おそらく絶望で倒れそうになりながらも）、根気よく父と読み合わせを重ね、なんとか〝解読〟してくれていた。おそらくその原稿は、

2人の苦闘の記録として、Eさんが保管していると思う。

手書き原稿は、グシャグシャと塗りつぶしたり、余白にまで追加したり、切り貼りしたりと、書き手の思考の痕跡や、肉体の衰え、精神状態の好不調を反映する（特に父のは）。几帳面かズサンか、性格やたたずまいも垣間見える。正に書き手の身体そのものだ（妹の〝裸を見られるに等しい〟と言うのは、言い得て妙だ）。

現在では、ほとんどの文筆家は、パソコンで入力した原稿をパソコンで送る（ちなみに私はいまだアナログだが）。データは書き手、編集部と双方で共有され管理されるのだから、まぁ小惑星がぶつかって、日本が沈没するとか、地球規模の災害でもない限り（あり得るけどね）、データはどこかに保存されるのだろう。手書きの原稿だって、書籍化されれば、データとして残されるが、書き手の試行錯誤の跡は、原稿の消失と共に失われる。書き手の身体も消滅するのだ。

父はそんなの、もちろん想定内だったことだろう。自分が死に代が替われば、すべては失われる。書き終えた時点で、役目は終了。その時の自分の身体と精神を手放していったのだと思う。一切の執着は無い。自分の原稿を後生大事に、〝お蔵〟に保存しておくようなタイプではないのだ。

父には物欲、所有欲が無かった。腕時計やサイフらしい物も持たず、靴は履きやすければ、ツブレるまで履いた。80、90年代頃の、講演や対談の際に写る服も、例の『ａｎａｎ』

の写真を見て、「へぇ〜こんなの意外に似合うんだ」と、母と私が面白半分に選んで来た物を特に頓着も無く、着ていただけだ。晩年は、夏場は妹夫妻の海外みやげの（けっこうカラフルな）Tシャツ。冬は（よく写真に残っている）皮の肩当てと肘当ての付いた、モスグリーンのアーマーセーター3着を着回していた。着やすさ使い勝手には、けっこううるさかった。「トシ食っても、人前出るんだから、もうちょっとはオシャレしようぜ」と、買って来た服も、また人からプレゼントされた物でも、脱ぎ着しにくければ却下された。特にズボンのベルトの使いやすさには、こだわりがあって、古いベルトを使い倒して、ついにちぎれると、同じ型、同じ使い勝手の物を探してきてくれと頼まれた。

その内、いよいよ服を着るのも面倒になり、下着とももひき（それもシミと猫の爪跡の穴だらけ）、足は糖尿性の血行障害で冷えるので、5本指ソックスに部屋履きの2枚重ねで過ごしていた。急なお客さんなどには、その格好のまま玄関まで出て行くので、さすがに、ネグレクトの鬼娘のようで、恥ずかしかったが。

最晩年の頃、父は家族や親しい人に、「脚が良くなったらね、四国のお遍路さんに行きたいんですよ」（オイ、空海かい！　親鸞じゃないんかい！）と、語っていた。不可能に決まってるよ。でもそれは、決して今生かなわなかった夢物語としてではなく、少しずつ日々訓練をして、いつの日か脚が良くなったら——という、今日の1歩の延長線上にある、現実の希望としての、ゆるぎない口調だった。

父はすべてを脱ぎ捨て脱ぎ捨て、何もかも手放し、今日の1歩を歩いていた。今この瞬間も、世界のどこかで歩いている——それは四国のお遍路さんかもしれない。五体投地で聖山を巡るチベットや、西欧の西の果てを目指す巡礼者かもしれない。

到達すべき何かを求め、何かを埋めるために、ただ1歩を歩く人だったのだと思う。

悪いとこしか似ていない

よーっく自分に引きつけて、想像力をフル稼働させて考えてみてほしい。

あなたご自身は、自分の父親について、本1冊分――最低でも10万字、原稿用紙なら250枚分、書けるだろうか?

かつては子供だった皆様とまったく同様、私も自分のオヤジについてなんて、まったく興味は無いのだ。「イヤイヤ、あの吉本隆明なんだから、いくらでも書くことはあるだろう」――なーんてのは大間違いだ。子供は子供の目線からしか見ていない。あなたのオヤジ様同様、ガマン強かったり頑固だったり、だらしなかったりチャーミングだったりする、タダのオヤジの面しか見てやしない。その職業が、詩人だろうが思想家だろうが、漁師だろうが職人だろうが、何の違いも無い。

だいたいが父の全集完結まで、月報に父についての文章を書く――なんて約束も契約も交わした覚えは無い。初回だけ書いて、「またぜひ書いてください」「はい、できるだけ」

なんて会話があっただけだ。それが何でか今や、キッツイノルマとなっている。こちらの具合が悪かろうが、世間の諸事で忙殺されていようが、精神的にまいっていようが、おかまいナシにグイグイ来る。私の駄文で全集の売り上げに、影響が出る訳じゃあるまいし（あったらそれこそ問題だろ！）。

毎回私の中の〝悪〟が発動する。ネチネチと担当編集者に絡む。「それじゃあ、あなたは自分の父親について、これだけの分量書けますか？」「スミマセン。書けないです」「自分ができないことを人に要求しちゃいけません」――などと、完全な言いがかりだ。

しかし父だってやっていた。「1000文字程度でいいので、身辺雑記の新聞連載を」――などという依頼が来た時、「あなたは簡単に1000文字程度って言いますけどねぇ～それには今やっている仕事から頭を離して、また助走をつけて書くという、とてつもない労力がかかる訳ですよ」――なんて、よく絡んでいた。引き受けるか受けないかは、その時の状況やタイミング、編集者との関係性や依頼の仕方――まぁ、気分次第と言えなくもない。私もなんか同じようなことをやってるなぁ…そんな分際じゃないのに。

担当編集者は、「お父さん以外でも、お母様やばななさん、ご自分のことでも、吉本家の人々というくくりで、書き続けてほしい」とキタ。

本当にベテランの名編集者（今存在するのか？）なら、理解してもらえるかもしれない。「父〇〇」とか「〇〇家の人々」なんて本に、ロクなものはナイ。文章力の無い遺族にインタビュー形式で、まとめて本にしたり、つたなかったり自分に酔っていたり、名著なんて1つも無い。森類氏のように、それで姉妹と決裂したり、夏目漱石夫人なんて、後々まで悪妻呼ばわりされた。ちなみに父も、漱石夫人を悪妻だと言っていたが、私は夫人の気持ちは、よーっく分かる。私も妄想がひどかった頃に父に、ナイショで（信頼している）精神科の先生に相談に行き、薬を処方してもらったことがある。しかしそれ以上踏み込んだことは、決して書くことはない。これは家族として、墓場まで持って行く問題なのだ。あなたの家にだって、あるはずだ。本当に死ぬまで抱えて行かねばならない〝闇〟が。

　妹は本当に文章が自在なので、読ませたい所にめっちゃ力を入れて、目をそっちに引かせて、書けない部分は書かない――真実を書いているのに、フィクションというテを使う。さすが年季入ってるなぁ――と、感心する。父にせよそうだ。だいたいが、物書きの目を通して書きおろした時点で、文章というものは、すべてフィクションなのだ。

　父という人は、本業の評論や思想書以外のエッセイなどは、かなりテキトーだった（それこそフィクションとして読んでもらいたい）。妹は高校の名前を間違えられて指摘すると、「そんなのただの事実誤認だろ」と突っぱねられ、私に対するあんまりの表現に、「これじゃ、まるで私がバカみたいじゃん！」と抗議しても、「人には自分が、バカだと思わせといた方がいいんだ」と、おっしゃる始末だ。

　しかし父の信奉者にとっては、父の口から発せられたお言葉は、絶対真実なのだ。だから読者の方々にとっては、いまだ妹は別の高校出身だし、私はバカのままなのだ（まぁ、今となっては、本当にバカ娘と思っていただく方が、都合が良いのだと分かったが）。

よく私は父に似ていると言われるが、まったく違う。父には、時々目が点になる理解不能のカウンターをかまされた。

私が京都にいた学生時代の話だ。同じ下宿の友人が、一条寺のスパゲッティー屋でバイトをしていた。「もう1人位スタッフが欲しいのでどう？」と、誘われた。どうせ学校はサボりまくっていたし、漫画賞の〆切以外はヒマだったので、小遣い稼ぎにはいいかなと、一応家に電話をかけて、お伺いを立てた。「友人が行ってるスパゲッティー屋で、バイトやろうと思うんだけど」。普通の家だったら、親は何と言うのだろう？　想像するところに、おそらく「ああ、社会勉強にもなるし、いいんじゃないか」「勉強のじゃまにならない程度にしろよ」——ってなところだろうか。

しかし父はのたまった。「イヤ…キミ飲食店で働くということは、次に酒を出す店で働くということになる。そして次にはホステスなどの水商売になる。そこから体を売る商売までに、段階は無いのだ」——ってね〜!!　オイ!!　どんな論理〜!?　いまだに納得はできていないが、そこに踏み込んだら、無意識の内に無段階の差異を乗り越えてしまう可能性がある——と、いうようなことを言っているのは分からないでもないが、あまりの飛躍だ。

おそらく父は、いつの間にかその境界を越えてしまっていて、無意識の内にいくつもの差異を踏み越え、戦時（軍国）意識に突入していたという経験があったからこそ、言っていたのだろう――とは理解できるが、己の娘が信じられんのか？　そこまで行く過程に、人には無限の選択があり運も性格もある。この、論理だけで飛躍をかましてくる論法には、時々驚かされた。

結局父が、仕送りを1万円増しにするからということで、結着がついた。私も別に積極的に働きたい訳ではないので、それっきりになったが、あの時に父に反発して（またはナイショで）バイトをやっていたら、どうなっていただろう（銀座の有名店の女将にでもなっていたら、そりゃ大成功だろうが）。結局今やってるようなことをやっている気がする。

父の論理の飛躍には（ご当人の頭の中では筋道立っているのだろうが）、読者の方々も最も頭を悩ませるところだろう。オウム真理教問題の時、原発問題の時、この論理に惑わされ多くの読者や友人が、父から離れていった訳だから。

もう1つ突飛なクセ球をかまされて、ショックを受けた出来事がある。

私が京都の下宿を引き払って、家に戻って来て間もない頃だ。漫画の賞を取って、担当編集者が付いたからと言って、まだ全然学生気分のまんまだった。その時妹は、ちょうど大学受験を控えていた。今思えば、本当に配慮の無いアホな姉だったと思うが、まだ遊び足りない気分に任せて、夜な夜な妹を連れ出し、自転車2人乗りで散歩に行ったり、深夜ファミレスに入り浸ったりしていた。

するとある時妹から、「お姉ちゃんは妹に、自分よりいい大学に入られるとイヤだから、嫉妬して（勉強できないよう）連れ回してんだから気をつけろ――って、お父ちゃんが言ってたよ」と、聞いたのだ。

驚愕した。ええ～っ!? それこそ目の前が真っ暗になった。本当に私は、それこそ1ミリも！ 微塵も！ 無意識下にも、その考えは無かったからだ。確かにまったく考えナシの、浮かれ気分の大甘だったとは反省するが、妹が自分よりいい大学（って、そもそも何だ？）に行かれるのがイヤ――なんて考えは、逆さ吊りにして100回振っても、ほこりも出ない。

だいたいが私は、嫉妬という感情がひじょ～に薄い。おそらくそれは、育ちが良いからだろう（俗に言われる意味じゃなくてね！）。私はほぼ7歳まで、1人っ子だった。環境的にも家の外には出られないし、周囲はオトナばかりだったので、子供同士の世界も無かった。猫や犬（裏の家の）や、虫や植物だけが友だちだ。妹が生まれた時、とにかく赤ちゃんというものは、存在だけでスターなので、お客さんたちにモテモテだったのには、ちょっとイジケたが、親もうまくフォローしてくれたと思うし、何せ7歳も離れているので、こちらも保護者気分だった。だからあまり嫉妬や競争する心が、育たなかったのだと思う。

人は人、自分は自分でしかない。

母が第1句集を出した時のことだ。叔母（父の妹）から、ページの組み方が自分のマネだ（叔母もその前年に句集を出していた）。あの句は誰それのパクリだなどと、ほぼ言いがかりの手紙が来た。父に相談すると、「あんな句集出すからだ」とキタ。父が母の句集の出版を面白くなく思っていたのは、分かっていた。俳句を始めて、たかだか1、2年のシロウトが、（俳句では）名のある出版社から、名だたる人たちに、解説まで寄せてもらって、そんなマネするから嫉妬を買うことになるんだ――という反撃をくらった。

え〜!?　嫉妬した方じゃなく、された方が悪いワケぇ〜!?

私はギャラリーとしては厳しいから言うけど、お母ちゃんの句は、出版されて万人の目に触れても、充分に耐え得るレベルに達している。それに嫉妬なんてもんは、自己分析すればすぐに解体できる、人間として最も低くて単純な感情じゃないか。と反論するが、「イヤ、キミそれは違うよ」と、譲らない。

なるほどねぇ（って、納得はしてないが）、父の原動力は、案外〝嫉妬〟にあったのかもしれない。父が漱石先生を評価した訳だ。

父と私はまったく違う（似たような思考方法は、あるのかもしれないが）。人間性が、キャラが別人なのだ。家族はそれぞれ他人なのだから、「吉本家の人々」なんて、まったくの想像でしか書けない。

――ってな訳で、この話はフィクションです。

悪いとこしか
似ていない

読む掟、書く掟

最近ある人と、昔の漫画について手紙のやり取りをしていた時、ふと気づいた。何で私は、昭和40年代の水木しげるの（それもかなりマニアックな）単行本をこんなに持ってるんだろう？　それって、私が小学校の4、5年生の頃の本じゃないか。

小学生の時のお小遣いは、確か1年生で100円、2年生で200円――5、6年生で500円だったと思う。それなのに、昭和40、50年代の漫画本が大量にある。

小学生の頃、お小遣いを握りしめ通ったのは、谷中の「よみせ通り」にあった小さな本屋――と言っても、ガラガラ扉の八百屋みたいな、両脇に本棚、中央の裸電球の下の台に、サンデーやらマガジンやら、薄っぺたいカッパコミックスの『鉄腕アトム』の新刊なんかが、並べてあるだけの店だった。

そこでマガジンの、ちばてつや『紫電改のタカ』なんかにハマっていたのだから、何ちゅ～女子小学生なんだろう。これのお陰で、空中戦の戦術を学んだ（学んでどーする！）。

しかし、「ああ、宮崎駿監督、絶対コレ参考にしたな」なんてことが分かるので、何らかの幅が広がったのは、確かだろう。

父はよく、上野の「明正堂」や、神保町の書店街に行く時、私を連れて行った。おそらく父が本を選んでいる間、私は勝手に自分の好きな本や漫画を手に取り、「コレ買って。あとコレも、コレもいい？」なんてやってたのだろう。思えば贅沢をさせてもらった。

余談になるが、「明正堂」は上野の老舗書店だ。創業は1912年と言うから、110年の歴史だ。昔はアメ横と中通りの、真ん中にあった。近所だし品揃えも良いので、私が幼稚園の頃から父の行きつけだった。次に昭和通りに移ったりと、上野界隈を転々として、最後は上野駅のアトレ内に入った。駅ビル内にありながら、マニアックな品揃えは健在で、「あ！　この人の新刊出てたんだ。読みたかったんだ」なんて本が、ジャンル別の棚の中に1冊だけ挟まっていたりするので、宝探しのようで楽しかった。ちなみに父の全集の新刊も、いつも1冊だけひっそりと――っつーか、異彩を放ちつつ、場違い感をかもしながら挟まっていた。

版画のブックカバーや、季節ごとに変わる栞も味わい深くて好きだった。

その上野アトレの店舗が、ついに今年（2022年）5月をもって閉店してしまった。これは（地元民だけかもしれないが）、のたうち回る程ショックでくやしい。上野に行く楽しみが半減してしまった。本当に書店文化の、一幕の終焉を実感した。

父は「ちょっと神田に行って来らぁ」と言っては、神保町の書店街に、必要な本を物色に出かけて行った。そういう時は、「私にも何か買って来て」と頼む。「どんな本がいい？」と聞かれるので、その時の気分次第で「ん〜…恐い本！」なんてリクエストする。〝マイ図書館司書〟のようで、便利っちゃ〜便利なのだが、買って来るのが『雨月物語』とか、小泉八雲なのだから、ハイレベルすぎる。水木しげるの『死者の招き』や、楳図かずおの『へび少女』なんかに慣れ親しむ小学生としては、泳いでいたら、たくさんの手に引きずり込まれたとか、UFOにさらわれて頭にチップを埋め込まれたとか、いつもの帰り道なのに、異次元に迷い込んだりするのを期待していたのだが。「う〜ん…何か違う」と、思いつつ読んだ『雨月物語』も小泉八雲も、もちろん私のおそまつな脳細胞の末端となって、機能していることだろう。

以前住んでいた千駄木、団子坂下の大通りには、まだ貸本屋が残っていた。中学生になった私は妹を連れて、そこで永島慎二や白土三平なんかを借りて読んでいた。私もイカレた中学生だが、さらに7歳下の妹は、輪をかけてイカレていたと言えよう。

その大通りには、S書店という、けっこう広めの中規模書店もあった。品揃えも良かったので、よく友人や妹と入り浸っていた。そこには（店主の趣味なのか）「B族」を始め、SやAなどの、草分け的男色雑誌も置かれていた。お陰さまで、姉妹共々ジェンダーの守備範囲が、メチャメチャ広くなった。

その頃から私も妹も、それぞれに漫画と小説を書き始めたと思う。(まさかS書店の影響ではあるまいが)妹の小説も私の漫画も、何となく〃そっち系〃なところがある(イヤ…私はドストライクも描いてましたが)。別に同性愛でなくとも、友愛の延長にはエロスが存在するのだ。賢治、鷗外、漱石、太宰——特に漱石の三角関係の話などには、もしかして本当は、三角関係の相手の方を好きなんじゃないか?——というような、男女が逆立した、こじれたエロスを感じる。

親は、小、中学生が、つげ義春のエロい漫画を読んでいようが、父に送られてきた『ユリイカ』の「『ベニスに死す』特集」を読んでいようが、まったくスルーだった。読むことに関しては無法地帯だった。

父はさすがに時々、こいつらちょっとは〃修正〃せねばと思うのか、日本の歴史(古代神話から戦後までの)名エピソード集的な、辞典位ぶ厚い本を買って来たりした。イザナギイザナミ、唐に渡った空海上人とか、楠木正成桜井の別れ、彰義隊や田原坂の戦い、死んでもラッパを離しませんでしたや、ヤミ米を拒否して死んじゃった堅物な判事の話まで、日本の歴史の基礎中の基礎をザックリ総ナメできたのは、確かにモノを書く上での糧となっている。

上野駅広小路口の真正面に、間口が狭く奥に長い、小さな書店があった。中学2年だったと思う。夏休みの間に、『罪と罰』(しかもオトナ版)を読破して感想文を書け——という、中2にしてはエゲツナイ宿題が出た。細かい文字の2段組みで、上下2巻あった。夏休みを前にして、目の前が暗くなった（今の私なら、子供版を読んで、感想をデッチ上げたことだろう）。

父は「もう1冊何か買ってあげるよ。どんな本がいい？」と聞いた。私は「じゃあ、感動する本」と答えた。父は「じゃこれは？」と、『ビルマの竪琴』を勧めてきた。しかしその時私は本棚に、運命を決定づける本を見つけてしまった。それは司馬遼太郎の『燃えよ剣』だった。「コレ！　コレ買って！」と、頼んだ。父はたぶん、ちょっと困った顔をしていたと思う。私は別に司馬遼太郎が好きだった訳ではない。その頃テレビドラマで、『燃えよ剣』が始まったばかりだった。私は原作者が、司馬遼太郎だということも知らなかった。ただ小学生の頃から、その主役俳優トリオのファンだったのだ。この3人演ずる、用心棒シリーズには夢中になった。荒野の用心棒3人版みたいな話だ。お互い個々にあてもなく、稼ぎ口を探しつつ旅を続ける素浪人なのだが、時々宿場で出会ったり、成り行きで協力して誰かを救ったり、巨悪を倒したりする（しかもメッチャ強い！）。決着がつけばまた別れ、それぞれ1人茫洋とした荒野の旅に戻って行くのだ。

このあてもない真の孤独と、いざという瞬間だけ、互いに何も言わずとも命をゆだねられる関係性と信頼――これは小学生だった私に、決定的な影響を与えた。この俳優3人組（誰だかは勝手に調べてね）の用心棒シリーズは、3、4作あったと思うが、『燃えよ剣』

はその延長上にあったのだ。つまり今でいう〝推し〟なのだ。推しの本は、命をかけても手に入れねばならない（しかもハードカバーの写真付き箱入りだったし）。父は渋々（のように見えた）買ってくれた。

おそらくこの時、私は父の引力圏から完全に離脱したのだと思う。特に離反などせずとも、やりたい事は黙ってやるようになった。漫画家を目指すから別に大学行きたくないと（一応）ゴネたが、父に「キミ、大学ってのはな、最大のモラトリアム期間なんだぞ」と言われ、「なるほど！　そりゃそうだ」と、素直な私は納得した。親のスネをしゃぶりつつ大学はサボり倒し、漫画賞には応募しまくり生活で、賞に入ってデビューすることができた。

その時の担当女性編集者に、「本名でデビューした方がいいんじゃないの？　珍しいステキな名前なのに」と言われた。私はこの先どうなるか分からない、無名の1新人でしかない。しかし父の読者は、おそらく（当時）まだ30代、充分に漫画読者世代だろう。もしもバレたら、持ち上げられたり落っことされたり、実に面倒くさい！　うっとうしい！そんなことに神経を使うのだけは避けたい。「実は、こういう訳で本名はイヤなんです」と、担当氏にだけ打ち明けた——はずが、何でかジワジワ広まってしまった。しかし私は開き直りも早い。無名の1新人には来る訳のないインタビューや、イラストコラムや漫画の小品なども、ありがたくお受けした。

2度程イラストエッセイを依頼され、親しくなった編集者がいた（たぶんフリー）。ある時、名の知れた某雑誌で、〝著名な表現者として活躍している親から見た、表現者として歩み始めたばかりの我が子〟——的なコンセプトで、吉本先生に文章をお願いできないだろうか。と、打診された。私はうっかり思い上がっていたのだろう。「短いし、だいじょぶですよ」と、直接父に、書いてくれないかと、頼んだ。父は「う〜ん…」と、何か含みつつも引き受けてくれた。

その企画には、他にも著名な映画監督の娘や文筆家の息子、様々な表現を始めたばかりの子息たちが載っていた。私は「しまった!!」と恥じた。ちょうど有名芸能人と、その二世がならんでいるような醜悪さを感じた。

他の著名な親御さんたちが、我が子のデビューを手放しで喜び、期待し活躍を祈る中で、父の文章には、「はたして私は、この世界で娘と出会うことができるだろうか」——とあった。氷水をぶっかけられたように目が覚めた。大甘だった。私はこの世界では、まだ無名の1新人にすぎなかったのを忘れていた。ましてや、私が（編集者代わりに）仲介となって、父に文章を依頼するなど、掟破りもはなはだしい。

思えば、父からあの言葉をくらったからこそ、私は（かろうじて）この世界で生きていられる。今は感謝しか無い。

表現者として生きて行く以上、この世界においては、誰に頼ることもできない。1人荒野を歩いて行く、それは途方もなく孤独な旅路なのだ。

ハルノ宵子

姉妹×対談

吉本ばなな

吉本ばなな

よしもと・ばなな

1964年、東京生まれ。日本大学藝術学部文芸学科卒業。87年『キッチン』で第6回海燕新人文学賞を受賞しデビュー。著作は30ヶ国以上で翻訳出版され国内外での受賞も多数。2022年『ミトンとふびん』で第58回谷崎潤一郎賞を受賞。近著に『はーばーらいと』など。

三角関係、その後の展開

吉本　最近、母の過去のいろいろが出てきたんです。言わないほうがいいのか。

ハルノ　言ってもいいんじゃない？

吉本　うちの母は父と結婚する前に他の人と結婚していて、父はその方とも友だちだったから、友だちから奥さんを奪ってしまったと言って、生涯結構悩んでたよね。

ハルノ　生涯悩んでた。いろいろ書いたりもしてたし。

吉本　なので、その方（Aさん）がその後どうなったんだろうとは話していたんですよね。再婚してるかどうかもわからなかったんですよ。そうしたら最近、Aさんの息子さんという人から連絡がきたんです。父が死ぬとき初めて、かつてうちの母と結婚してたということがわかった。「吉本さんも僕もその離婚がなければ生まれなかったんですよ」とおっしゃっていて、きっと、きっと良い人だろうと思って会ってみたんです。

――会われたんですか？

吉本　会ったんです。

ハルノ　かなりセレブなご家庭だったみたいで。

吉本　セレブでした。某国で事業を始めてすごく成功して、牧場も持ってらっしゃると。

びっくりしました。そしてやはり良い人たちでした。

――のっけからすごいお話ですね。

吉本　そうなんです。Aさんが、お父さんより年上だったってことも初めて知ったんですよ。

ハルノ　かなり上だったね。相当な先輩。

吉本　5歳くらい上だね。大正8年生まれ。だから、大先輩の奥さんを取っちゃった。

ハルノ　寝取った。あ、いや寝てないか。

吉本　寝てないらしい。奪った？

ハルノ　そうか。奪った。だから、お父さんは苦しい思いをしたけど……。

吉本　Aさんのほうでもまた別の苦しみ……その後の人生で大きな別の苦しみの中に突入したらしく、うちの母のことは、すっかりその家族の中では問題にならなかったそうです。

ハルノ　だからその息子さんも、うちのお母ちゃんと結婚してたって、お父さんが亡くなった後に知ったそうです。手続きする時に戸籍を見て、前に結婚してたんだってわかった。

吉本　Aさんは偏屈で生涯わりと無口で、ずっと読書したり、自費出版で本を出したり、学校の先生をしたり、真面目な人生を送られたそうです。たぶん反面教師みたいな感じで、子供さんたちは事業とか実業とかそちらの方に進んでうまくいった。私たちと血が繋がっているわけでもないんですけど、すごく不思議な感じでした。
しかもまた、その連絡がある少し前くらいに、うちの倉庫からお母さんの作品が出てきたんだよね。

ハルノ 小説ね。そんなに長いものじゃないです。そのうち発表されると思いますよ。あと、まだ母の名前がAさんの苗字で書いてあって。

ハルノ あの小説を読んで、母の恐ろしさを垣間見たね。

吉本 女！って感じ。だから私たちはこんなふうで、女！って感じじゃなくなってしまったんだ。作品を発表したときの出版社、書いてある住所がお父さんの部屋だったよね。

ハルノ そうだね。

吉本 当時父が住んでた部屋の住所で、創潮社って書いてあった。「今回、吉本さんの原稿が載るはずだったけど〆切に間に合いませんでした」みたいな感じのことも書いてあって悲しい。その頃から間に合いませんでしたか、と思わせられました。（写真を見て）あ、怒ってる（笑）。

——笑ってらっしゃいますね。

吉本 そんなこと言うなって思ってそう（笑）。でも、そういう因縁みたいのがちょっと晴れた感じがして。こちらのほうでは、もしAさんが生涯ひとりだったらどうしようとかって思ってたよね。なんとなく申し訳ないなみたいな。

ハルノ　しょぼくれたままだったりしたらどうしようと思ってた。結構な人生を送ってらっしゃってよかった。
吉本　お子さんたちに恵まれ。
ハルノ　地味だけど堅実に。
吉本　きっと私たちのお母さんとAさん、暗いご夫婦だったんでしょうね。小説を読むに。
ハルノ　Aさんは面白くない方だもんって母が言ってましたもん。
吉本　母がボケボケにボケたときに言ってた。どこに帰るの？　って言ったら……。
ハルノ　あれはアル中で入院してたときだよ。「私はどこへ帰るのかしら？　Aさんのところかしら。それとも吉本さんのところ？」って言ってた。
吉本　それで「どこに帰るの？」って聞いてみたんです。そしたら、「Aさんとこはイヤ」って言ってたよね。「あの人面白くないんだもん」って。
ハルノ　言ってた。「いや、帰るのは吉本さんとこだよ」って言ってあげたら、「よかった」って。
吉本　「吉本さんはかわいいから」ってね。
ハルノ　喜んでたね。
吉本　だから、よかったんでしょうね。それぞれ別の人と結婚してよかった。

ハルノ　そうですね。

初めて読んだ父の本

ハルノ　さて、それじゃあ何についてしゃべりましょうか。私は、父の全集の月報で結構書き尽くしましたから……。

――お二人が最初に吉本さんの本で読まれたものはなんですか？

吉本　なんだろう。

ハルノ　なんだろうね。

――どういうきっかけで読まれたかとか。

吉本　本当になんだろう。

ハルノ　最初は……私は真秀《まほ》ちゃん（妹の本名）より上の世代だから、『共同幻想論』だとか、そういうのがすごい人なんだなって。手に取ってみて斜め読みはしたけど、何にもわかりません。

吉本　お姉ちゃんは私より7歳も上だから。

ハルノ　いわゆる有名作は全部手に取るし。なんたって本棚に並んでるからね。

吉本　ほっといても家にありますからね。

ハルノ　エッセイ的なやつとか、そういうわかりやすいのだけは意味のあるところを読んでたと思う。高校生ぐらいかな。そのくらいからでしょうかね。詩は、むしろ後になってから良さに気づいたというか。

吉本　私は、この人もしかしたら詩はそんなに上手じゃないんじゃないかって思ってて。

ハルノ　つまり、何かを直接的に下ろしていくのはうまいってこと？

吉本　そうですね。言いたいことはわかるんだけど、なんかこの人は書き方が不器用だなって。

ハルノ　だけど詩的じゃないところが詩だと思う。

吉本　そうですね。だから独自のスタイルを築き上げたといいますか。

ハルノ　情緒がないっていったらいいのかしらね。情緒的じゃないのが私はわりと好きだな。

吉本　私もそこは一番いいなと思います。あと、私『アフリカ的段階について』って本は相当好きで、何回か繰り返し読みました。

――日常的にお父さんの書斎に行ったりされてたのですか。

ハルノ　それはしょっちゅう。本棚を見るだけでも面白い。

吉本　私なんて子供だから、書斎で寝転んだりとかごろごろ寝てました。

ハルノ　別に入ってはいけないというところではなかったですね。

――一緒に本を買いに行ったりもしましたか？

ハルノ　それはやりましたね。

吉本　本なら買ってくれるから。

ハルノ　漫画でも何でも買ってくれる。

吉本　本屋さんのものなら何でも買ってくれるんです。どさくさに紛れて文房具とかを忍ばせたりしました。ノートも買ってとか言って。あと、うちに三浦（つとむ）さんがものすごく来たよね。私、三浦さんの思い出がすごく強いです。

ハルノ　私が5歳ぐらいのときから来てました。本当にでっかい人だから、背中でお滑りしたりとか、かわいがってもらいましたね。

吉本　いつもいるっていうイメージがあったなぁ。

ハルノ　三浦さんとはたいへん仲がよくて。

吉本　父は三浦さんとは、すごく何かを通じ合わせていたような感じでしたね。

ハルノ　あの人もしゃべりのぶきっちょな人なんですよね。訥々《とつとつ》とした人で。三浦さんが住んでいたところが清瀬のほうだったんです。それでうちに来るとき、学校帰りの私と、西武線に乗ってきた三浦さんが、池袋から同じバスに乗ってみたいなこともありました。最初のバス停から最後のほうまで2人で帰ってきたりですね。

吉本　そんな感じだったんだ（笑）。

ハルノ　でも、ぜんぜん話が弾まない（笑）。
吉本　あんな遠いとこからわざわざ来てたんだ。
ハルノ　そうなのよ。
吉本　知らなかった。あまりにいつも三浦さんが家にいらっしゃるから、私はそれこそ5歳ぐらいのときに、この人誰？　近所の親戚？　って思ってた。
――人の出入りは昔から多かったのですか？
ハルノ　それはもうめちゃくちゃ多かったですね。
吉本　おかげで私、今でも人嫌いです。
ハルノ　母もそうでした。お客さまが嫌いになりましたね。私は寂しかったから、むしろお客さんが好きだったんですよ。だって真秀ちゃん生まれるまでの7年間、完全に1人っ子じゃない。勝手に外に遊びにも行けないわけで。
吉本　勝手に外に遊びに行けなかったんですか？
ハルノ　仲御徒町の家は、車通りがすごく激しかったから。上野の松坂屋の裏ぐらいにあったんです。
吉本　そうか。でも、あそこに住むのちょっと憧れるけど。
ハルノ　だから、父母はよく2人で飲み歩いていて、それにはくっついて行きましたね。
吉本　へー。私はそういう感じの思い出、わりと少ないんだよね。

ハルノ　私はとにかく飲み歩きました、繁華街で。浅草や上野……。

――それは3人で？

ハルノ　そうですね。誰かお客さまがいるときもあれば。もう今日はこのあとなんか食べに行こうかっていう感じで。

吉本　いい感じだね。

ハルノ　なんたって母が料理を作るの嫌いな人だったから。

グリーンピースの数は決まっている

吉本　私、母に料理を作られると逆に恐怖だった。

ハルノ　そう、怖いんです。だんだん怖くなっていくんですよ。料理に興味がないんだよね。

――怖いってどういうことですか？　出てくるものが怖いんですか。それとも作り方が怖い？

吉本　おいしいけど、出てくるものが四角四面なんです。

ハルノ　カシッ、カシッていう感じで。グラム数まできっちり正確に測ってた。

吉本　丁寧の域を超えてましたね。

ハルノ　そうですね。だから大晦日とかすごい恐怖だったわ。

吉本　恐怖だった。あんなに恐ろしいことはこの世にないよね。

ハルノ　正月はお雑煮を作って、ちょこっと煮物があればよいはずなんですけど、煮物もきっちりやる。ちょっとうまくいかないところがあると、父に「これ買い直してきてちょうだい」って、八百屋に走っていかせてましたからね。

吉本　そういうのではなく完璧主義だから。

――失敗しちゃいけないみたいなのがあったんですかね。

吉本　そうなんです。だから、お姉ちゃんの煮物を食べるときは、すごい気が楽だもん。おいしいし。

――そうやらないと気が済まないっていう感じですか？

ハルノ　雑だからね。

吉本　雑っていうけども、ちゃんと別々に煮てるよね。

ハルノ　まあね。でも気が抜けてるから。

吉本　お姉ちゃんの料理は、年によってサトイモってできに違いがあるんだなとか、そういうのに気づかせてくれる楽しさがある。母の料理は料亭みたいだったからな。いつも完璧すぎて。お弁当なんかも怖かったもん。おいしかったけど。

ハルノ　怖かったね。

吉本　グリーンピースをきっちり、こう。

ハルノ　ぴし、ぴしっと、詰めて。

吉本　入れる数も決まってるんだよね。

――毎回同じグリーンピースの数があるんですか!?

吉本　基本的にメニューが5種類ぐらいしかなくて。それをきっちり作るという感じの人でした。だってさ、料理なのに物差しが出てきてたもんね。

ハルノ　物差し出てきてた。

――でもたぶん、お母さんとしてはそうやっても満足できないというか、完成度が足りないみたいなところがどこかにあったんですかね。

ハルノ　いや、完成度については、毎回自分の目指した完成度に作り上げるんですね。

吉本　几帳面っていうのか、なんていうのか。

ハルノ　分けるのも、昔はバランみたいな便利なものがなかったので、自分で計って作ってた。銀紙やアルミホイルにボール紙を入れて仕切りを作って、3つに分けて彩りを決めて。ここはご飯、ここは緑のもの、ここは赤のものとか、そういうような。

吉本　お陰で、反面教師で毎日すごく適当に料理を作れるようになりましたね。子供のお弁当とかさ、半分以上パッションフルーツにするとかね。小さいおにぎり2つにパッションフルーツとか。

ハルノ　おかずはない。
吉本　でも、子供が一番それがいいって言うから。そのほうが良いって、思えるようになりました。
ハルノ　あと、父がお弁当作ってくれたときもあったよね。
吉本　これは有名な話かもしれないけど、カップヌードルのみとかね。
ハルノ　カップヌードルのみもあったし。3つに分けるっていうのだけは母にたたき込まれたみたいで、3つに分かれてるんだけど、真ん中がアカエンドウマメで、右側のご飯にはアカエンドウマメを指で詰めました、みたいな。
吉本　あった、あったよ。覚えてる。
ハルノ　パセリだけとかね。
吉本　あとは、アカエンドウマメにうぐいすマメとか。こんなの食べれないよみたいなのもあったよね。
——斬新すぎます。
吉本　斬新でしたよ。写真に撮っておけばよかった。今だったらスマホで撮ったのに。そしたらホラン千秋さんのインスタみたいになってたかも。
——「今日のお弁当」(笑)。
吉本　全部茶色とかね。お稲荷さん、揚げ物、鳥団子とか。

ハルノ　あと冷凍ハンバーグも。
吉本　そういえば私、あの乾いたつくねの味は一生忘れられない。おいしかったけども。今も谷中銀座の同じところで売ってるね。
ハルノ　あれもしょっちゅう出てきたね。
吉本　３つ刺さってるんです。乾いた茶色い塩味の。タレとかじゃないんです。
ハルノ　タレはないんだよね。たくさん食べたね。
吉本　すごくたくさん食べた。
——どちらかというとお父さんのお弁当のほうがよかったですか？
吉本　気は楽でした。残せるし。
ハルノ　気は楽です。家に帰ってきてから、犬にやったりとかね。
吉本　お母さんの場合、残したら殺されると思って。
——食べ終わった後も一応チェックがあるんですね。
ハルノ　一応出すんだけど。
吉本　出さなきゃいけないし、捨てても絶対にばれると思って、私はいつも死に物狂いで食べてました。
　しかも、量が多くなかった？　だって私、高校のときドカベンとか呼ばれてたもん。お父さんのお弁当も３段とかあってさ、え、３段？　みたいな。３つに分けるのが面倒になったのか、私の時代は3段弁当になったんですよ。

——ちゃんと3つに分かれてるよってことですか（笑）。

吉本　だからうず高くなっちゃって。吉本の弁当はすごいなとかいつも言われて、恥ずかしかったもん。

ハルノ　でも、あんな忙しいのにやっていただいてたのはありがたかったですよね。

吉本　本当にありがたかったです。自分がやるようになってわかりました。あんなに大変なことはないって。だからいつも同じでもありがたかった。

ハルノ　……というような食生活をしてました。

吉本　よくこんなにちゃんと育ったよね。しかもお姉ちゃんなんて、今日もこんなに料理を作って。

ハルノ　そうね。私がちゃんと料理ができるようになったってのは不思議なんです。なんでだろうね。

吉本　お姉ちゃんはたぶん、ちょっと理系だからと思う。

ハルノ　でも、やり方が雑なことは雑だと思う。

吉本　でも考え方が理系じゃない。加熱の方法とか衛生観念を見てても、姉は理系だと思う。だから料理がうまくなったんだと思う。

ハルノ　不思議なもんだね。

ます。

吉本　私は、おいしくは作れないけど毎日作れるっていうよくわからない特質を持って

——ハルノさんって、食べたものを家で再現することができるんですよね。

ハルノ　ええ、それは得意ですね。

——それ、すごいですよね。それはやっぱり理系的な発想ですよね。

吉本　そういうところも理系を感じる。

ハルノ　そうかもしれない。何が入ってるのか察知するっていう。

吉本　でも、私も味についてならわかる気がする。何が入ってるとか、何で作ったとか、いつ揚げたとか、いつ煮たとか。揚げるか煮るかどっちが先かで変わるじゃない。あと、火をどれぐらい通してからコロッケにしたんだな、みたいなのもわかりますもん。でも、私は理系な感じは全然ないな。それも反面教師だよ。

ハルノ　そうだね。でも料理はちょっと不思議だね。そういえば私は、食事の楽しみは一切なかったたな。

吉本　本当？　そこはお母さん似なんだ。

ハルノ　いや、違う。

吉本　似てるわけじゃない？

ハルノ　昔はなかったんだよ。大きくなって、外で食べるようになってそれでやっと楽し

めるようになった。

吉本　でもさ、3人で繁華街に行ったときとかに、一緒につまんだりはしてなかったの？

ちっちゃいとき、私がいない頃の。

ハルノ　ちっちゃい頃は、両親は飲んでるわけでしょ。で、こっちはパフェとか。

吉本　ポテトとか乾き物とかパフェとかでよかった？

ハルノ　クリームソーダとか。

吉本　いい例だね。

ハルノ　バーの人も適当に、カクテルのアルコールの抜きを作ってくれたりとかでね。あとは永不二《ながふじ》のホットケーキ。

吉本　めっちゃ懐かしい。今やナガフジビルしか残ってない。

ハルノ　そうね。だから外食のほうが好きだったんですよ。それは今でも変わらないところ。

吉本　変わらないよね。食べる楽しみね。

ハルノ　今は自分で何でも作れるようになって。

吉本　いいな、何でも作れて。

ハルノ　何でも作れるけど、何にも食べたくないんですよ。

——ふだん自分のためにはあまり作らないってことですか？

ハルノ　そうですね、ほとんど作らないです。

思い出はキャッチボール

ハルノ　そう考えてみると、私はバー巡りが一番印象的だな、遊んだ記憶というと。
――よくハルノさんは外食に行かれたというお話ですが、ばななさんはお父さん、お母さんと遊んだ記憶で印象的なのってどんなものがありますか？
吉本　私はめちゃくちゃキャッチボールをしてました。男の子か？
ハルノ　真秀ちゃんのほうがお父ちゃんと遊んでもらったよね。
吉本　というか、とにかくキャッチボールをしたよ。なぜだか。
ハルノ　私のちっちゃい頃は、父もいろいろ人が出入りしてたから忙しかったんじゃないかな。
吉本　だって島尾（敏雄）さんとか来てたもんね。
ハルノ　島尾さんちの子供とも遊んでたし。
吉本　だよね。そういう時代だったから人の出入りがやっぱり多かった。
ハルノ　奥野（健男）さんの子供も必ず泣かしてたしね。なんで泣かせたかは全然覚えてないんだけど。

吉本　なんか違ったんじゃない？　私たちと雰囲気が。

ハルノ　そうかな。凶悪な感じ。

吉本　だから私は、父との思い出はキャッチボールっていう。バリエーションとしての羽根突きとかも尋常ならざる熱心さでやってたので、すごく覚えてるな。

――お父さんにやらないか？　って誘われるんですか。

吉本　私が誘ってました。だから、真剣にグローブとかを買いに行ってました。環境もよかったしね。

ハルノ　そうだね。あんま車通りがなくて。

ハルノ　そうだね。千駄木はよかったよね。

――いまの家に住まれる前までは、引っ越しが多かったそうですね。

ハルノ　多かったですね。

吉本　でも一番長かったのが、私が育ったところかな。

ハルノ　そうだよね。千駄木が長かった。千駄木の家が初めて自分で買った家で、それまであとは全部借家だったの。

吉本　借家だったんですね。田端の家とか？

ハルノ　田端も借家だよ。

吉本　私、そこの記憶がぎりぎりだな。

ハルノ　隣が大家さんで、大きな池があった。

吉本　わかる。わかりました。アヒルのいる家の近くね。

――ハルノさんは上野にいた頃、演劇とか落語とかを見に行ったりとか、そういうことはなかったですか？

ハルノ　それはなかったですね。上野にいた頃は、まだ60年安保の真っ盛りっていうか。

吉本　ばりばり家に人がいたときだよね。

ハルノ　だから毎晩、近年亡くなりつつあるような人たちがすごいたくさんうちに来て。

吉本　そうね。って、私はその頃いないんだけど。私は田端に移ってから生まれたんだよね。

ハルノ　生まれたのは谷中の借家。

吉本　もちろん私、そこのこと覚えてないわ。まあ、覚えてたら怖いわ。

ハルノ　覚えてないよね。赤ちゃんだし。

――ハルノさんは、ばななさんが生まれたときのことを覚えらっしゃいますか？

ハルノ　暑かったっていう。

吉本　私は、みんながオリンピックに夢中で私どころじゃなかったっていう。

ハルノ　あれ、1歳ぐらいじゃない？

吉本　違うと思う。だって64年だもん。

ハルノ　その次の年とかに引っ越したと思う。

吉本　どこに？　田端？　とにかく私の初めの記憶は近所にアヒルがいた家があったこと。田端だった。

ハルノ　だから、真秀ちゃん生まれて本当にすぐに引っ越したんだな。

だんだん母が怖くなる

――今までずっと1人だったけど、急に妹ができたときどうでしたか？

ハルノ　それはうれしかったけど。

吉本　けど？

ハルノ　……真秀ちゃんがみんなの人気者になってしまうから、チッて感じでしたよ。

吉本　しかも私、そのあとすぐに病気っていうか、目があれだったから。親も掛かり切りになっちゃった。それでまた、お母さんがますます怖くなった。

ハルノ　あれは怖かった。

――お母さんが怖いっていうのは、お母さんがすごく鬼気迫る感じの雰囲気になるのが怖かったんですか？

吉本　鬼気迫る感じじゃなくて、とにかく怖いんだよね。

ハルノ　とにかく圧がすごいみたいな。

吉本　あの力を発電とかに活かしたらすごい電気ができそう（笑）。

ハルノ　だっちゃ、みたいなやつ（笑）。

吉本　そう。ラムだっちゃ、バリバリ。

――おふたりに怒ったりとか、怖さとはそういうことでもないんですか。

ハルノ　怒る怖さとはちょっと違うんですよ。

吉本　ごめんね、お母さん。

ハルノ　たとえば上野にいたとき、母とどこかに出かけようとするとお客さんが来ちゃったことがあって、私は出かけたくてそわそわしてて、「このお客さんいつ帰るの？」って聞いたら、その人はすいませんねって言って帰られて。それでそのあと母と出かけるんだけど、むっとしてもう何にも口を聞いてくれない。

吉本　どちらかというとじめっとした怖さっていうかね。

ハルノ　あんなに恥ずかしい思いをしたのは初めてだ、とかって言われる。

吉本　それで母に長い話を聞かされる。お姉ちゃんは優しいからちゃんと聞いてたけど、私なんて絶対に聞かなかったよ。

――聞かないで、ぷいって行っちゃうんですか。

吉本　あとは寝ちゃうとか、逃げちゃうとか。逃げるでいうと、私とお姉ちゃんはそれぞれ苦手なジャンルが違うもんね。お姉ちゃんは家庭教師とかが来ると逃げちゃうタイプだったけど、私はどちらかというと、そういうところは変に優しくて。家庭教師の人が家に来て何もすることがなかったらかわいそうじゃんとか思ってガマンするんだけど、姉はすっぱりと出ていっちゃう。

ハルノ 担任の先生くらいは平気なんだけどな。なぜかな。ちっちゃいときに母しかいなかったからかな。

吉本 そうだ。姉と母は友だちっぽかったからだ。

ハルノ そうなんですよね。だからたぶん、その引力圏から抜け出せなかったんだと思います。

吉本 生涯抜け出すことはなかった。

ハルノ 80歳以上は国の宝だと思いますが、母が80を超えてからは、もう私も諦めて開き直って。

吉本 開き直ってどうなるの？　意地悪くなるの？

ハルノ 開き直っていろいろ意地悪も言ったし、私、お母ちゃんにこういうことしか言われてこなかったからねとか言って。

吉本 お母さんに対してちゃんと会話で反撃してた。

ハルノ と言いつつ、ちゃんと母の面倒を見てましたよ。

吉本 ずっと仲よかったですよ。

ハルノ　仲はよかったんだけど、たとえば大学の頃とか、その前はひどかったね。大学入る前に完全な反抗期があって、よく真秀ちゃんに取りなしてもらったの覚えてない？だって、学校に行ったと思ったらそのまま秩父まで行っちゃって、帰ってくるのが夜の11時とか。

吉本　お姉ちゃんが？

ハルノ　そう。そういうのがよくあって、もう完全お父ちゃんやお母ちゃんが怒ってるわけ。

吉本　あったかもね。でも末っ子って、とにかく笑いをとって場をもたせるっていう、そういうふうな役割をちっちゃいときからたたき込まれてきたから。

――その頃、ばななさんはおいくつぐらいですか。小学生とか中学生ぐらい？

ハルノ　私が高校生の頃は、小学校高学年になるぐらいかな。

逃げるのは2階から

ハルノ　私は高校に入ってから、本当に壊れました。それもいきなり。

吉本　そうだったんだ。

ハルノ　大学で京都に行って、いったん家から離れて、帰ってきてからはわりとまた引きずられ始めるんですけどね。

吉本　お姉ちゃんが大学から戻ってきたら弱くなっててびっくりした。

話を戻すと、私ももういつまでも家にいられる世代じゃなかったから、だいたい家にいないっていう逃げ方しかできなくて。だって、お姉ちゃんが大学に入って家からいなくなって母の圧が突然全部自分にきたんですよ。まじかと思って。

ハルノ　それは逃げるしかないよ。

吉本　すごく怖くて。だから、なるべく外にいるようにしたんですよね。

――ハルノさんが高校に入って変わったの、何かきっかけがあったんですか？

ハルノ　何でしょうね。

吉本　時代もよかったんじゃない？

ハルノ　そうかもしれないね。

吉本　70年代の自由の風がそれなりに姉にも。

ハルノ　だから、学校はほぼサボってましたし。

吉本　私はサボってること知ってましたけど、別に親にわざわざ言わなくてもいいかなと思って。

ハルノ　前にも書いたけど、私はバスを乗り継いで東京中を回って、「よし、上野で映画でもみよう」って、見に行って帰ってきたら、横断歩道の向こう側からお父さんが歩いてきて。

吉本　近所だから（笑）。

ハルノ　お互い無視しあって（笑）。だから父は、私がそういうやつだっていうのはわかってたと思いますよ。

――高校を卒業して京都のほうに行かれたときは、心よく送り出してくれたっていう感じですか？

ハルノ　父はね。でも、母は相当怖かった。

吉本　怖かったよ。

ハルノ　荒れてたよね。

吉本　私の方は、おまえはこれからお姉ちゃんの代わりになるんだから、しっかりしろみたいな感じのことを言われて。絶対に嫌と思って。

ハルノ　逃げた。

吉本　そう。毎日逃げて家に帰らないように心掛けてましたね。怖いから。

ハルノ　また、あのときはお父ちゃんの糖尿病がひどくなってたんだよね。食べ方がめちゃくちゃで。

吉本　それも恐ろしかったね。朝起きていきなり1リットルの牛乳を飲んだりとか。

ハルノ　チョコ、ばりばり食べてとか。

吉本　あとはコーラも。
――ご自身で糖尿だってわかってなくて？
ハルノ　わかってますよ。わかっててさんざん。
吉本　まだ、しばらくこのままいけると思ったんだと思いますよ。
ハルノ　だから、それに関してもすごい怖かった。
吉本　今思っても怖い。
ハルノ　怖かったでしょうね。
吉本　なんか母が怖い対談になってる（笑）。でも意外に世の中の人は、吉本家は、お父さんは書斎にいて、お母さんが家を支えているみたいなふうに勝手に思ってるから。
ハルノ　母は『試行』の事務もやりながらとかって、勝手に思わないでよっていう。
吉本　でも、ものを書こうとか絵を描こうとかって、本当に楽しい家庭に育った人は思うはずないだろうから。当然だと思います、母が怖いぐらい。でも、その怖さが半端なかったよね。
ハルノ　本当に半端ない。
吉本　今だったら病院にぶち込まれるか犯罪になるか、どっちかぎりぎりのところぐらいに怖かったんだから。でも、姉はとにかく優しいから、なんて優しいんだろうと思いながら、遠くから見ていました。

——ハルノさんが絵を描くのは中学、高校ぐらいとかからですか？　もっと前から？

ハルノ　ちっちゃい頃から。

吉本　ちっちゃい頃からめちゃくちゃうまかったですよ。ちゃんと構図があるんだもん。普通は平面になっちゃうんだけど、構図があって、後ろ向きとか角度が変わってたりとか。

ハルノ　それは普通にできたよ。

吉本　それ、普通はできないから。今、私がドラえもんを思い描けても実際には意外とちゃんと描けないのと一緒で、こんな構図いいなと思ってもなかなか出てこない。やっぱり姉は絵がうまかったと思います。

——高校のときに比較的自由な時間を手に入れた、というとあれですけど。そのときもだいぶ絵を描きましたか？

ハルノ　それが高校では、あまり自由なことをやってはいけなかったんですよ。

——では自発的に自由な時間をつくって？

吉本　そう、なので自発的に。私たち、家の２階から出入りしたよ

５歳のときにハルノさんが描いた絵　写真提供：吉本ばなな

ね。

ハルノ　そうだね。

吉本　玄関からだと怒られるから。どこに行く？　何時に帰ってくる？　って聞かれるし。

ハルノ　あの頃住んでた家は、キッチンを通らないと外に出られないようになってたんだよね。

吉本　そう。お客さんも嫌そうだったよね。

ハルノ　改装してようやく玄関から自分の部屋まで直に行けるようになった。あのままだったら無理だったな。

吉本　だから、普通に2階から出入りしてましたね。

ハルノ　屋根からベランダに飛び降りて。

吉本　ベランダから隣の家の壁をつたって普通に降りてきて。それで出かけて、バレないうちに部屋に帰ってくる。

ハルノ　ありがちだけど、親が戸を開けたら、「勉強してました」を装う。

——京都に行って弱くなって帰ってきたというお話がありましたが、それはどうしてですか？

ハルノ　なんか疲れたなっていうのがあるんですよね。ちょっと精神的にも弱っていたかもしれない。

吉本　すごい弱ってたよ。4、5年もいけば疲れるよ。短大にいったはずだったのに。

ハルノ　途中で大学になったから、8年はいられるなと（笑）。

吉本　途中で大学になったんだ。私は子供だったから早く帰ってきてほしくて、短大だったら2年かなとか思ってたら、全然帰ってこないからさ。短大って言ったのになぜ？　って。

――その頃、ばななさんは京都に行かれたりもしたんですか？

吉本　遊びに行きました。面倒を見てくれて、神のように優しい姉でした。

ハルノ　甲子園に行ったりもしたよね。

吉本　だって、20歳前後の頃に中学生の妹とその友だちが来てラーメンとか食べまくってたら、お金なくなっちゃうじゃないですか。親も少しは出したと思うけど、普通だったらもっと節約しようと思うのに、姉は親切だなと思いましたよ。

地獄のような日々

――ハルノさんが京都に行かれてる間、ばななさんは圧をうまく耐え忍んだというか。

吉本　私は地獄を見ましたよ。こういうのを地獄っていうんだなと思いました。

ハルノ　あの頃、よく男とつるんだりとか、そういうことやって。
吉本　中学の頃はなかったよ。
ハルノ　中学でもいなかった？
吉本　いなかったよ。だってブラックホールとか呼ばれてたもん、学校で。中学は女の子とものすごく危険な遊びをしてたから。
——何をしてたんですか。
吉本　男子が女子を、あの子かわいいなとか言う年頃じゃないですか。でも私たちのグループは近づいてはならないみたいな感じで、ブラックホールって呼ばれてた。マジでチャンバラとかしてたから。
——アンタッチャブルな存在だったんですね。
吉本　そうでしたね。だから、その頃は全然男子はいなかったよ。
ハルノ　そうだったか。恋バナは聞いてた。
吉本　恋バナも、実は意外と、小学校3年生から中学3年生までずっとひとりの人だけを好きだったから、他の人は誰も目に入らなくて、全然誰とも遊んでないんだよ。
——圧っていうのは受験のときにですか？
吉本　受験もだし、あとは今でいうところの性別のこととか。女の子なんだから夜は出かけちゃダメみたいなのもありましたし、すごかったです。

――それはお母さんからですか？

吉本　そうですね。

――お父さんとお母さんの関係は？

吉本　母はベーシックに具合が悪くて、そして機嫌も悪かったし、お父さんは糖尿だしで、いつも揉めてましたね。「何か食べたんじゃないの……？　あ、コロッケ1個食べたでしょう！」って、下の階でやり合ってるから、なるべく逃げてました。

ハルノ　本当にかわいそうだったと思う。地獄のような。

――その地獄のような状況っていうのは、ハルノさんはご存じだったんですか。

ハルノ　もちろん。だって、休みで京都から帰ったときも相当だったし。

吉本　期待をかけられて、っていうわけではないのだけど。

　いまは私も少し悪かったなって思えるところもある。もう少しお母さんのことかまってあげればよかったなって。でも、当時はあまりに怖くて、一緒に出かけただけでももう怖いから。

ハルノ　東京に合わなかったもんね。

吉本　どちらかというと、私が逃げ続けたからなんじゃない？　逃げ続ける人だって、母の中でカテゴライズされたことによって、よくない方向に動いたかもしれない。

　あと、あまり家に友だち呼ばなかったな。母が、嫌いなタイプの友だちが私には多かったから。
ハルノ　そうだね。だって、おっかさんは人の友だちはだいたい嫌いなんだよ。私の場合も小関さんが嫌いとか、山下さん嫌いとか、あったから。
吉本　でも、それはどちらにも問題が……。
ハルノ　問題のない友だちなんていないって。
吉本　そっか。
――でも、それは裏を返すと、おふたりをすごい大事にされてたっていうことでもあるんじゃないですか。
吉本　いや、たぶん自分のものだと思ってたんだと思う。
――所有物っていう感覚ですか。
吉本　所有物には気に入らない振る舞いをしてほしくない。たぶんお姉ちゃんの場合は、自分と一緒にいてくれればいいっていう友だちみたいな感じだったと思うけど、私の場合、もうちょっと女の子らしく育ってほしかったって、何回も繰り返し言われた記憶があります。
――キャッチボールをやってるのも苦々しく見てたっていうことですか。
吉本　キャッチボールやってるし、屋根の上で遊んだりもしてるし。
――2階から脱出するなんてちょっとみたいな。

ハルノ　でも、あそこは普通に出入り口だったね（笑）。
吉本　だからそういう圧が、お姉ちゃんと比べて私のほうがあったと思う。

家事する父の姿

吉本　母はお姉ちゃんの段階で育児に疲れちゃって、洗濯とかそういうのも本当に嫌になっちゃってた。だから私の服にはよく穴が開いてて、父が見るに見かねてお母さんに「穴が開いてるよ」って指摘したりしてました。私は、気にしなかったけど。
ハルノ　相当ぼろい格好してたもんね。
――お父さんが洗濯をしたり、料理もやっていたんですか？
ハルノ　父は普通に何でもやってましたね。
吉本　母の具合がだんだん悪くなっていってから、どんどんお父さんがやるように。
ハルノ　ほとんどそうだね。
吉本　父は、私の服に穴が開くと服とかを買ってくれるのですが、それがアメ横の中田商店だったりして……。
――中田商店ってミリタリーショップですよね。しかも、どちらかというと男の中の男……。

吉本　そう（笑）。そういうところにしか行かないから、ますます母の理想から遠ざかる。

ハルノ　私は女の子らしさを求められなかったな。どちらかというと、求められたのは男らしさだと思う。

吉本　自分に寄り添ってくれるボーイッシュな人のイメージだと思います。

ハルノ　そうか。ボーイフレンドな感じだったんだね。

吉本　女の子らしさは、私に求められてた。かわいい感じでリボンとかつけてるような。

ハルノ　だからいま自分の写真を見かえしてみても、七五三なんだからもうちょっとかわいい服でもいいじゃないって思うんだけど。すごくスタイリッシュなんです。

吉本　お姉ちゃんは、「俺」って感じだったよね。白い襟の服で。

ハルノ　そう。スタイリッシュなワンピースみたいな感じでね。

——中性的な存在でいてほしいというか。

ハルノ　それはあったように思いますね。

吉本　私のほうは、もうちょっとかわいく育ってほしいっていうか。

——バランスをとりたかったのかもしれないですね。

吉本　私、自分でいうのもなんだけど、小さい頃は本当にかわいかったんですよ。話し方もかわいかったし。

ハルノ　ぽやっとした感じでね。

吉本　だから、そのままいってくれると思ったんじゃない？　そうしたら、次第に中学生ぐらいからめちゃくちゃになって、根津神社でチャンバラをして、けがをして帰ってくるような女の子になった。母はそういうのはもう本当に嫌だっていう感じでした。

姉は理系脳

吉本　一方で、先にも料理のところで少し話しましたが、姉はナチュラルボーン理系だと思います。分け方は雑ですが、やっぱりそうとしか思えない。考え方も生き方もすべてが理系だなって。ウェットさとかドライさの度合いも、典型的な理系の人の成り立ちをしてると、それは小さなときからそう思ってました。

何かの影響で理系なんじゃない。お父さんの影響でもなくて、持って生まれたものだと思います。それこそ絵を描くときも、本人は情緒でたぶん、物語を作ってるんだけど、分析の仕方は……たとえば、ウサギが斜めを向いてるなら、尻尾も斜めになるでしょみたいな。考え方が私とは根本的に違う。かわいいから描きたいとか、そういうものじゃないような気がしたのです。

――頭の中で３Ｄのイメージを動かして？

吉本　物語もちゃんと作って、しかも計算して。距離が遠ければこれぐらい小さく見えるでしょうとか。そういうのはたぶん持って生まれたものだなって思ってました。別に小さいときに理系だなと思ってたわけではないですけど。

ハルノ　お褒めをいただいて。私は、自分では絵が下手だっていうのがコンプレックスなので。

――逆にハルノさんがうまいと思う絵描きさんは？

吉本　手塚治虫先生とかですか？

ハルノ　漫画の絵の構図ってやっぱ才能なんですよ。

吉本　なんかわかる。

ハルノ　ここにバーンとおっきい絵を持ってくるとか。私なんかは、それだけの度胸がない絵だなといつも思ってしまいますね。

吉本　言われてみると、ちょっとだけ理解できる。

ハルノ　1ページ使って、絵をアップにするとか無理。貧乏性なんだよな、そういうとこはすごく。いろいろ詰めちゃうんです。

吉本　大島弓子先生みたいに、見開きで真っ黒で木と空だけとか。言葉2つとか。

ハルノ　うらやましいね（笑）。やりたいね。

吉本　あれはやっぱり憧れます。

ハルノ　でも、いろいろ埋めたくなっちゃう。

吉本　なんか書き込みたくなっちゃいます？

ハルノ　そう。文章もすごく貧乏性だなと。いつも詰め込みすぎで。

吉本　言いたいことはわかります。でも、文章も絵もそういうのは減ってきたように思うよ。同人誌時代のやつとかは、隅から隅まで字と絵が書いてあって、お得だけど大変なことになってたよね。

ハルノ　あれ、漫画にすると映えないんですよ。しかも昔の印刷ってぜんぜんダメでしょう。

吉本　きれいに描いても？

ハルノ　だから粗く描いたほうがいいんだけど、どうしたって細かいところも描かなきゃ気がすまなくて。

吉本　なっちゃいますよね。

ハルノ　そうすると線は潰れるし、これはいけないってわかってても……。

吉本　そういう意味では字はいいですね。ガリ版で刷ればいいんだから。

そういえば私、北海道（北海道文学館主催「歿後10年 吉本隆明――廃墟からの出立」展）に行ってお父さんの字がめっちゃ小さくてびっくりしたわ。こういう性格だったんだって。ガリ版で出した雑誌が展示されてた。

ハルノ　わりと几帳面な。

吉本　信じられないくらい几帳面な。こういう感じのところがあったんだって初めて思いました。私が物心ついたときには、原稿用紙に結構な汚い字をぐちゃぐちゃって書いてたので。

ハルノ　昔、ガリ版のときはこんなきちっとしてたんだなと。しかも字が小さいと思って。

吉本　ガリ版書きだった時期があるんじゃないかな。

ハルノ　信じられないぐらいきちんと書いてた。

吉本　ちゃんと真面目な字も書けるんだってね。

ハルノ　後の筆跡とは違いましたね。

姉の帰京、心に残っている父の言葉

――話が戻りますけど、京都からハルノさんがお帰りになられた頃って、ばななさんが高校生ぐらいのときですか？

吉本　ぎりぎり高校生ぐらい。

――一緒にまた4人で暮らす生活でしたか？

ハルノ　私は家にいなかった。

吉本　いなかったね。

――どこにいたんですか？

吉本　私はその頃なるべく家を出て、だいたい彼氏の家に。彼が鍵っ子で、お姉さんしか家にいなくて、そのお姉さんと彼とで、彼の親のお金で出前をとってたぬきそばを食べたり。お姉ちゃんと猫は比較的、家にいたんです。そうやって過ごしてましたよ。

――家に着替えを取りに戻ってくるような感じですか？

吉本　いいえ、泊まってはいなかったんです。

――なるべく家にいる時間を減らすようにしてた？

吉本　そう。彼のお父さんが印刷会社の重役だったからあんまり早く家に帰ってこなくて。お母さんも習い事とかで全然帰ってこなかったから、19時ぐらいまで誰もいなかった。そのくらいまではそこにいて、うちに帰ってきたらご飯を食べて寝る。

――また翌朝、学校行って？

吉本　朝、学校行って。

――終わったら？

吉本　彼の家に直帰。ひどい。

――その間、ハルノさんはどうされてました？

ハルノ　母に当たられてました。

吉本　すごい当たられてたよね。お姉ちゃんが弱ってるから。

――やっぱり、そのときはきつかったですか？

吉本　きつかったと思うよ。

ハルノ　きつかったけど、なるべく外へ行くっていうか、連れ出してもらう感じで。

吉本　そうだ。それでやっぱりお母さんがひとりにはなれなくて、大変だった。

――体調的にも悪いところがあったりされた時期ですか？

ハルノ　母は喘息がひどかったですよ。結核にもすぐなったしね。

吉本　なってたね、何回もなってる。しかも、首にできものができたよね。死ぬかもって話だった。

ハルノ　でも、結局は何でもなかったんだよね。

吉本　めっちゃ覚悟してました。

――死ぬって言ったのはお母さんですか、お医者さんですか？

吉本　お医者さん。これがもし悪性だったら首を切るしかないって言われて。それで覚悟してたのですが、悪性でも何でもなくて脂肪の塊だった。それはちょうどその頃ですね。

ハルノ　みんなですき焼き屋さんで、壮行会もしたよね。

吉本　しました。

ハルノ　そのくらい覚悟してた。最後だったらどうしようって。

吉本　切ってみないとわからないっていう話だったんだっけ？

ハルノ　そうだよ。どんな腫瘍かって。

――昔は組織の検査をするにしても、なかなか結果が出ないということもあったのかもしれませんね。

吉本　そもそも検査できない箇所だった。

ハルノ　検査すると暴れちゃうかもしれなかった。

吉本　危ない場所だから。やばい場所だったから、切ってみたほうがいいんじゃないのみたいな。

――さすがにお父さんも、心配されて？

ハルノ　心配しますよね、もちろん。

――その会にはちゃんと、ばななさんも出られて？

吉本　もちろん出ました。

その頃友だちとテニスに行く約束をしていたのですが、お母さんのことがあるからやめるねと話したら、お父さんが「いやいや、こういうつらいときは楽しいことやめちゃダメだ」って言ってくれたのが印象的でした。今でもそれはすごい残ってますね。

ものを書く人の中には本で素晴らしいことを書いてたとしても、実際緊急の場面に自分が遭遇しちゃうと、急に「そんなことやめなさい、大変な時期だろ！」とかって言って、ギャップがあることがある。この人、あんなに良いこと書いてたのに実際にはこんなこと言うの？　と思う。でも父はそうじゃなかった。それは父の一番すごいところだと思うよ。

ハルノ　書いてることと実際やってることが違ってるっていうのはなかったですね。

吉本　だって自分の奥さんが死ぬかもってときに、娘がテニス行ってきますって言って、むっとならないっていうのは。

――むしろ行っておいでっていう。

吉本　こういうときは楽しいことをやめちゃいけないんだって。今も私の中に残ってるんです。だから今、自分の子供がすごいでたらめな暮らしをしてても、なるべく何も言わないようにしております。

ハルノ　一番楽しい時期だからね。

吉本　そう、楽しそうだから。

働きたくないから、書くしかない

――その頃ばななさんはもう文章を書いたりされてたんですか？

吉本　書くのは5歳からずっと、こつこつ、こつこつと書いてました。何事があっても書いてたので。

ハルノ　昔のやつあったよね。残ってるかな……どっちかっていうと男色系小説じゃないけど。BLっぽいような。

吉本　いや、男色でもBLでもないよ。覚えてるよ。ファンタジーっぽいホラー。

ハルノ　そういう感じじゃなかったかな。

吉本　私だって一応全部覚えてるよ、書いたんだもん。

ハルノ　ああいうのはとってある？

吉本　どこかにね。事務所に潜んでいるかもしれない。

――ハルノさんの影響で絵を描こうとは思わなかったんですか？

吉本　あまりにうまいから、なかったです。そこは実業家っぽいんですよね、私。

――住み分けを。

吉本　これはもうダメだ。この人には絶対かなわないし、7歳上だからとかじゃないと思ってました。だって他の7歳上の人の絵とか見てもぜんぜん違うから。こういうことがこんなに身近にできる人がいたら。

ハルノ　でも、真秀ちゃんも構図とかうまかったと思うんだよ。デザイン的な力はあった。

吉本　デザインのセンスはあるけど、自分で手を動かしてってなるとやっぱりね。

ハルノ　漫画も面白かったじゃん。『おとなびなすびくん』とか。

吉本　でも構図がないよね。あと、平面だよね、全員が。カボチャのあれとかも、定まってないよ。カボチャのひだがさ。

ハルノ　そういうのはいいいんだけど。

吉本　でも意外にそういうのが絵の世界では大事な気がする。
ハルノ　内容がなかなかブラックで好きだったなー。
吉本　やっぱりストーリーはできたんだと思うんですよ。
——やってるうちに、自分はストーリー形成とか文章を書くほうだなっていう実感があったんですか？　それとも書くことが好きだから？
吉本　有無を言わさずでしたね。私、会社で働きたくなかったんですよ。決まった時間に起きて学校に行くとか、死ぬほど嫌だった。
ハルノ　そう、それはもうお互いにそうだったね。
吉本　ね、死ぬほど嫌だった。本当に嫌だった。
ハルノ　これを回避できるんだったら何でもやろうと。
吉本　何でもしてやると思って、今のうちから書き続けようと思って。
——5、6歳のときから？
吉本　本気でしたよ。本当に無理だと思ったんです。お隣の家は職人さんだったじゃない？　それはできると思った。家にいる仕事。他の大人たちはどこかに朝から通ってたじゃない。そういうのが絶対に無理だなと思ってた。
ハルノ　ほんと。偉いなと思うだけで。
吉本　お医者さんと、あと実業家のお家も近所にあったのかな。

ハルノ　印刷会社だと思う。

――ハルノさんは、その書かれたものとかを読んでたんですか？

ハルノ　よく見せてもらってましたね。

――特に講評するという感じでもなく？

吉本　だって子供だったから。あとは文章の隣に友だちがイラスト描いてたりしてたもんね。

――5歳から始めたんじゃ、高校生の頃には相当な分量だし技術だった。

ハルノ　もう完成に近いよね。

吉本　あの頃のほうが上手だったかもしれない。人生経験がないだけで。

――その時点でこう、食べる道みたいなの決まってたんですか？

ハルノ　大学にいってからいろんなバイトはやったよね。

吉本　やりました。糸井（重里）さんのお店とか。あと、ゴルフ場の受付とか。

ハルノ　コンビニとかなんかそういうのも。

吉本　ローソンとファミマでバイトしてました。ファミマは事務仕事。ファミマは本社で、ローソンはお店。

ハルノ　そういうところも偉いなって思うんだけど。私は全然働きたくないんだよ。とにかく働きたくない。

吉本　でも、それでいいんじゃない？

ハルノ　ＮＨＫのデザインやったときもサボったね。

吉本　あれは無理だと思うよ。

ハルノ　だって遠かったんだもん。

吉本　すごくわかるよ。私も絶対無理。たとえばローソンとかだと、人が少ない時間帯にしかシフトに入らない。

　ゴルフ場の受付も、夕方の変な時間帯に入ってたから人が来なくてすごい楽でした。でも、ゴルフ場のバイトはやってよかったような気がする。世の中の恐ろしさを垣間見ました。浮気をしてる人は妻に「ゴルフ練習場に行く」って言うらしいんです。なんでそれがわかったかっていうと、妻から絶妙な時間に電話かかってくるんです。

――えっ？

吉本　すみません、急用なので夫を呼び出していただけますかとかって。それで、実際にその人は練習場に来てないですよね。でも、いないとも言えないし、今ちょっと席を外しておられるみたいなんでお伝えしておきますねー、がちゃんってごまかしてた（笑）。そういう世の中の恐ろしさを垣間見れたからよかった。

――ゴルフ場に世の恐ろしさを垣間見るという。

吉本　バイトしているときにちょうど賞を受賞して、バイトを辞めたのですが、ゴルフ場の人たちはすごく喜んでくれて、お祝いしてくれました。

振り向いて欲しかった母、振り向けなかった父

――大学のときはご自宅から通われたんですか。

吉本 通ってました。

ハルノ そんなにかからないっていうか。いや、かかるか。豊島だと向こうだもんね。

吉本 でも、慣れたよね。駒込駅に自転車を止めて行ってたな。その頃は、姉と母は切っても切れない感じになってたから、私はあまり触らないようにしてたな。

ハルノ 私は母に引っ張りまわされて。だって漫画家としてデビューしたから、東京に来たわけじゃん!?

吉本 なのになーと思ってたんだけど。

ハルノ でしょ。あれは正直言ってつらかった。徹夜でふらふらになってんのに、買い物に連れて行かされたり。

吉本 今じゃなきゃダメみたいな母だったのでね。

ハルノ あれを買うのよって言ったら、もう有無を言わさなかった。

吉本 気の毒だなと思ったし、もうちょっといいんじゃない？　って言ってみるんだけ

ど、あまりに強烈な力にとらえられてて、どうすることもできなかった。

ハルノ　だから結局、漫画を断念せざるを得なかったのも家の問題なんですよね。まだ父母とも介護まではいってなかったけど、とにかく私は体中ぼろぼろになって、それで引っ張り回されるのと、家に帰ったらみんなのご飯を作らねばならないという。

吉本　大変そう。いろいろ言ってみても聞いてくれそうな状態じゃなかったし。

ハルノ　そうなの、もうダメ。つまり、それで描くものの精度がどんどん自分でダメになってきてるのがわかったので、これは続けられないって漫画を断念した。そういう背景だったんです。

吉本　まだデジタル化の波もきてなかったしね。今だったらもうちょっと、ソフトやAIなどでアシストできるかもしれない。

だから、よく姉が私のことを早く逃げたとか言ってるけど、私は押し出されたのであって、逃げたわけではない。もう家に居場所もなかったし。

——それは、お父さんとお母さんとハルノさんの関係が濃くなったからですか？

吉本　お父さんだけは独自の道を。

ハルノ　あのときは、80年代頭。また父が結構忙しかったんですよ。

吉本　徹夜で中上健次先生と裸足で歌ったりしてたよね。

——「吉本隆明25時」ですね。

吉本　そう。24時間講演会やって、坂本龍一さんとかも来たよね。

ハルノ　よく来てた。あのイベントも、母は相当怒り狂ってたんですよ。こんな馬鹿なことをやってってね。

吉本　父はすごい楽しそうだったけど。

ハルノ　楽しいんだろうけど。

吉本　都はるみさんと一緒に歌ってて、びっくりしちゃった、私。そんな勇気があるんだって。

ハルノ　母の怒りは、私に当てられるし。

吉本　そうよね。本当に気の毒だったけど。だけど、どうすることもできないんですよね……。

ハルノ　これじゃ仕事にならないから、お父ちゃん、もうちょっとお母ちゃんの面倒見てよって、直談判したんだけど。このひと山が終わったらなって言ってくれるんだけど、その山が終われば、また次のひと山が来るわけで……。どうしようもなくて。

吉本　みんな大変だったんだと思うんだけどね。

ハルノ　大変だったですよ、本当にあの時期は。そうしているうちに86年ぐらいに、また母が結核になっちゃったのかな。ほとんど布団を敷きっぱなしで生きてたよね。

吉本　そうだね。しばらくはみんな消毒のために白銀灯のような青い電気を点けて。

ハルノ　だけど、外に出るタイプの結核菌じゃなかったしね。
吉本　なかったね。
ハルノ　ただ、38度以上の熱が何年も続いて。
吉本　体調が悪くなったよね、とにかく。
ハルノ　そう。それから自分は弱い者っていうふうに決めつけて、遊びに行くって決めたときだけ遊びに行くんだよね。
吉本　ある意味、母は不幸な人生だったかもしれません。
ハルノ　家ではもう弱音ばかり。
――そうすると、お母さんのお世話というか面倒というか？
ハルノ　そう、お付き合いですね。
吉本　お姉ちゃんでないと触れられなかったので。だから、私は逃げたんじゃなくて本当に押し出されたかたちで。
――たとえば、ばななさんが何かやろうとすると？
吉本　母になんかやろうかって言うと、いやさわちゃん（姉の本名）呼んでってなるから。
ハルノ　そうなの。
吉本　だから、私はもういないほうがいいんだぐらいの。

――気持ちとしてはそうなりますよね。

吉本　ぜんぜん嫌で家を出たとかではなくて、逆に家の中に私がいると場所が足りないんじゃない？　なんて思ってた。

――ハルノさんじゃなきゃダメな理由が何かあったのですか。

ハルノ　いや、本当にいつの間にかそうなりましたね。

吉本　母はお友だちもあまりいないですもんね。

ハルノ　っていうか、この件は父が完全に何かを間違ってるんですよ。本当いうと、彼は結婚すべき人格ではないような気がするんですよね。つまり、妻を支えてとか、そういう意味ではまったく期待できないですね。

吉本　そういう意味ではうちの夫もまったく同じ感じで。

ハルノ　でも、それはもう割り切れて。

吉本　割り切れました。

ハルノ　君は君、私は私で、みたいな感じにできればいいんだけど、父はそうじゃなくて。

吉本　母は振り向いてほしかったと。だからたぶん、母はもうちょっと実業家的な人と結婚したら幸せだったんだろうな。

ハルノ　そうかもしれないね。でも、だからってお互い別の誰かとっていわれても、どんなタイプの人もちっとも思い浮かばない。父と母、恐ろしい人同士、ああいう2人じゃないと釣り合わないというか。

吉本　私は意外に、母は実業家的な人だったら大丈夫だったと思うよ。

ハルノ　ただ、きっとつまらないと言ってたと思う。

吉本　そういう夫にいろいろ文句を言ってるのが幸せな人生だったのかなと思って。

ハルノ　つまらない男よ、とか言って。

吉本　ほんとつまんない、こんなつまんない男とか言って、友だちに愚痴ってブランド物を買ってエステに行って一生を終えていくっていうのがお母さんのタイプ的にはわりと幸せだったのかもなと、よく思います。

――本人は幸せだと思ってないけど、実はそれが幸せだっていう感じですね。

吉本　それで夫が死んじゃったら、着物とか着て友だちと観劇に行ったりして、また文句言うみたいな。人のカテゴリーとしては、そういうタイプ。もちろん、そこからはみ出してるからああなっちゃったんでしょうけど、そういうふうにもなっていけたんじゃないのかな。別に組み合わせを変えることができるわけじゃないんで、想像でしかないですけども。

ハルノ　人生は2度ないですからね。

吉本　そう、2度はないんですよ。

――そうすると、中間的な位置にいるハルノさんがお母さんに振り向いてる役割を担う状態？

ハルノ　つまり、父はたぶん振り向けない人だと思うんです。だから、私がその代わりを。母が向けたかった愛とか自分に向けてほしい愛のすべてがこっちに向いてきたなっていう、感じですね。

――お父さんが向き合わないぶん自分がっていうのは、その当時から薄々感じとっていたんですか？

ハルノ　父は無理だなっていうのは思ってたけど、私が見なきゃとまでは思わなかったですよ。

吉本　でもお姉ちゃん私より優しいから。

――そのときに、ばななさんにもうちょっとみたいなことはなかったですか？

ハルノ　言ったってしょうがないし、逃げやがったと思ってる（笑）。

吉本　だから逃げてないって（笑）。押し出されたんです。だって一応私も母にアプローチして、でも、いやさわちゃんじゃないとって。

ハルノ　そうね。私がいないと不安になっちゃうんだよね。多子どこなの？　みたいなね。

吉本　だから、どこに逃げたとかじゃなくて、無理なものは無理と言い続けただけというか。

ハルノ　海に行ったときでも、なんでその場面に私が必要なの？　と思うことがありました。
たとえば、みんなで土肥の海の旅館に宿泊してたとき、私はいろいろな人もいることだしほっとけると思って、勝手に海で遊んでるわけです。そうすると、多子、多子はどこだって騒ぎ出す。

吉本　極端に言うと、出るまで電話が１００回かかってくる。私だったら１００回鳴っても完全に無視しちゃう。あ、ごめん、気づかなかったみたいな。だけどお姉ちゃんは真面目だから、優しいし、ちゃんと出てあげちゃうから。

ハルノ　でも、後年は私もさすがにもう、ほぼ寝たふり。

吉本　お姉ちゃんも大人になった、じゃなくて自立したんですね。

ハルノ　でも、それができるようになったのは、猫のシロミを飼ってからなんですね。

吉本　そうか。よかったね。シイちゃんが教えてくれたんだ。

ハルノ　最初は反対されて、この子を飼うんだったら、お母さんが出てくからって言うから、結構本気の言葉で、いやいやお母さんは出ていかなくていいよ、私が出ていくからって、はっきりと言ったんですよ。たぶん、それが本当に吹っ切れたときだったと思うんですね。

事件は起こらなかった

吉本　母は、死んでやるって言ったら本当に死ぬ人ですから。一般的な脅しじゃないんです。

ハルノ　そうなんですよ。だから父も何度も母が……お風呂場にガス出してやがったんだよとかっていって。本当にやるんですよ。怖い人なので。

吉本　普通の人の、あなた、浮気したら刺してやるとか、そういうのじゃないのよね。本当にやっちゃうから。

ハルノ　人に危害を加えるのではなく、すごい自傷タイプ。

吉本　たとえばお姉ちゃんが男の人とかと会ってたら、本当に100回とか1000回電話をかけるんですよね。2分おきに1回。そのとき私見てたもん。

ハルノ　怖い。

吉本　デートについて行くって言ってたよね。

ハルノ　でも携帯を持つようになってからは、いや、お風呂入っててわかんなかったとか、雨の音がうるさくてとか、そこで無視ができるようになったと思うな。

吉本　あと、姉は私の連絡とかなら平気で無視するので。でもたぶん、母の場合はできないようになっちゃったんでしょうね。そういう意味では超人的な無理をしてたんだろうなと思うんです。本当は、どんな連絡も飛ばせるタイプなのに母からは逃れられなかった。

ハルノ　本当に母だけですね、怖いのは。編集者の電話なんかも全部無視できるし。

吉本　よかった。いや、よかったじゃないか（笑）。私は編集者の電話を無視したりしないよ。

ハルノ　メール見てなかった、ちょっと留守にしてたみたいな、そんな感じ。

吉本　けど、できるようになってよかったのかもしれないですね。

――ハルノさんは、前に自転車を少しやられていて、遠出をされたりしていたって。

ハルノ　自転車はやるっていうよりは趣味で、ただひたすら遠くへ行ってただけですね。

――それは家から離れる時間を作るみたいなこともあった？

ハルノ　それもありましたし、京都から帰ってすぐの頃は少し心が自由だったんでしょう。

吉本　弱ってたけど。

ハルノ　弱ってたのはなんでだろうな。1人暮らしに疲れちゃったのかな。

吉本　人間関係もあった？

ハルノ　いや。

吉本　ない？

ハルノ　私の場合、1人ったら本当に1人なのよ。いかなる友だちとも付き合わなくていいくらいになってしまうの。

吉本　でも、建物の中には人がいたじゃない？　だから、まあ接してはいたんじゃない？

ハルノ　そうね。でも、前の世代とは仲がよかったけど。

吉本　次の代が来たんだ。

ハルノ　そう。最初の世代の人たちは卒業して、就職したり国へ帰ったりして。

吉本　それはそうだ。学校に長いことといればみんないなくなるわな。いたらやばいわ。

ハルノ　だから本物の1人であったっていうかね。

吉本　疲れちゃったんだ。

ハルノ　くたびれてしまったっていうのはありますね。前は漫画とかを描いていても、同じ漫画仲間みたいなのがいたりもしたんだけど。

吉本　ね、そのときは楽しそうだったから。楽しいときが終わっちゃったんだね。

ハルノ　そうなんですよ。それなのに、まだここにいてだめだなと思って。

吉本　だから弱っちゃったんだ。

ハルノ　そうなのよ。運よく賞をとれたから、これで引き上げちゃおうって思って。そのタイミングで家も出られてればよかったんだよね。東京に帰ってきたときに。

吉本　うん。そしたら私も逃げて、それぞれたまに家に帰るみたいな。

ハルノ　だったらぜんぜんうちの形態って違ってたと思う。

吉本　ちょっとお茶を濁せたかも。

——でも、成り立ったんですかね。どうなんでしょう。

ハルノ　わからない。成り立たないかもしれない。

吉本　たぶんどこかで母が自殺したんじゃないですかね。

ハルノ　そうだね。

吉本　だから天寿を全うしてもらえてよかったよ。

ハルノ　みんな、いいお歳になってね。

吉本　よかったよね、本当にこれで。

——お話を聞いてると、もしおふたりが本当に離れてご両親だけになったら……。

ハルノ　そりゃあ想像もつかない怖さですね。

吉本　お父さんを殺して自分も死ぬとか言いそうだよ。

ハルノ　ほんと、家に火でも点けそう。

——すごいですね。

吉本　そういう感じ。

ハルノ　事件性のあることになってたと思います。

世間の作った物語

――ハルノさんが自転車をやったりいろいろやりながら、お母さんお父さんの両方を見始めたときに、ばななさんはもう家を出されてたということですが、ご実家との行き来は結構あったのですか？

ハルノ　普通にしてたよ。

吉本　いつだって帰ってきてましたよ。

ハルノ　最初はわりと近所に住んでたもんね。目白にいたし、千駄木にいたりもして。

吉本　だって私、初めは白山だったもん。それから目白にいって、そのあと千駄木に帰ってきた。

――勝手なイメージですけど、ばななさんが家を出たあと、あまり家に帰られてないっていうイメージが。

吉本　めちゃくちゃ帰ってましたよ。1ヶ月に2回は帰ってきたよね。

ハルノ　もうしょっちゅう。むしろ、いい距離がとれたんじゃないでしょうかね。ちゃんとした彼氏がいて、結婚とかも。ちゃんとしてない彼氏もいたけどね。

吉本　ちゃんとしてない彼氏とちゃんとした彼氏と、難しいご家庭の彼氏。

――月に2回、どういうときに実家に帰ろうってなるんですか？

ハルノ　遊びにくるっていうか、ご飯を食べに来るとか。ふらっと来るみたいな。

吉本　何かを取りに来てとかもあったね。でも、この辺りの下町の人はだいたいみんなそんな感じですよ。自然に帰ります。

ハルノ　そうね。別に遠くの故郷に帰るとか、そういう感じではないから。

吉本　だからそんなに家から離れたことがないんです。

――なぜでしょう。実家を出られてからはあまり家に帰られなかったイメージがあります。

吉本　常に近くにいたんですよ。誕生会とかもやってもらってたもんね。誕生会に関しては、大人になってまで。

ハルノ　やってた。全員の誕生会をやってたね。

――それは、多子さんがお料理を？

ハルノ　のときが多かったですね。

――西伊豆の海にも毎年行ってました？

吉本　どんなときでも行ってましたね。

ハルノ　今年も行きますか。

吉本　今年も行きましょう。宿がやってればだけど。6月になったら予約しようかなと思ってる。

ハルノ　電話も時々かけてきてたよね。

——なぜかはわからないですけど、おふたりの仲がすごい悪いみたいなイメージが何となくあるんです。

ハルノ　それは世間の作った物語ではないでしょうか。

——そう、世間が作ったイメージです。でも、誰も直接言及してこなかったですよね。

吉本　歳も違うし、あまりに違いすぎて仲が悪くなりようがないっていう。

ハルノ　そうなんです。だから妹の地雷がどこにあるか、私にもわかんないんですよ。

吉本　逆に言わせていただくと、私も地雷わかんない。

ハルノ　お互いそんなに勘が悪いほうじゃないしね。

吉本　え、ここで？　みたいなのはあるけど違いすぎるからか、すぐわかるし。

——それは子供の頃からずっとそうですか？　おふたりでケンカした記憶はありますか？

吉本　本当に何もかも違うから、違いすぎてケンカにならない。

ハルノ　私は粗暴な子だったので、むかし妹を一方的に引っぱたいたりしたことありました。

吉本　あったね。でも自分から見て7歳離れてたら大人だからな。あと、性格が違うというのはすごいあると思う。お互いに弱いところが全然違う。だって私、先にも話しましたけど、親から100回電話がかかってきても本当に全部無視できる。だけど、姉はそういうのはできない。

ハルノ　すごい親切だよ。

吉本　優しいですね。あと、誰かがとんでもないことをしでかして、私だったらとんでもなさすぎて忠告さえしないんだけど、姉はちゃんと言ってあげる。

ハルノ　そうね。

吉本　うん。そういうところが違う。私は、この人しでかしてるな！……って思ってるだけですが、姉はそういうのはちゃんとよくないよって言ってあげてて、すごい感動することがある。

――言わないと気になっちゃうんですか？

ハルノ　何でだろう。性格なんでしょうかね。

吉本　そこは江戸っ子っぽいっていうか。私は、すげえとか言って終わらしちゃう。

ハルノ　余計なお世話をするよね。

吉本　余計か。でも、そうかもね。その余計なお世話のジャンルが私とは違うので。

――タイプも発想も思考の仕方も全然違うんですね。

吉本　だから本当の意味でのケンカっていうのは。

ハルノ　ケンカにならないですね。

吉本　なり得ない。歳が１つ違いとかだったらあったかもしれないけど。

――思っていることを相手に言っていない、ということはあまりない？

吉本　あると思うけど、でもそういうときは言わなくていいことなんだと思う。

ハルノ　別に言う必要もないでしょっていう。

話を少し戻すと、たぶん、父母が弱ってきたときに、世間で勝手に物語を作られちゃったんだと思います。つまり私は介護をしているのに、あの妹は何やってるんだ、みたいなね。世間がそういうふうに捉えて、２人の仲は悪いみたいな。

吉本　私はぜんぜん気にしないんだけど、何も知らないおじさんたちにそういう感じでよく怒られたよ。でも私、すごく働いて、家にお金を入れてたのに。入院費とかさ。

ハルノ　そうなんです。だから、経済的にはずいぶん助けてもらいました。たとえば、私は直接的に普段の父のいろいろ身体的なことをやってるから、父に親切にする余裕はあまりないわけですよ。だから真秀ちゃんが来て、たとえば足揉みとかしてくれると、私はとてもありがたい。でも女性週刊誌などはそこだけを取り上げて、あの子はいいとこばっかりやってとか、たまに来るだけなのに、とかって書かれる。

吉本　まあ実際そうだけど。

ハルノ　そうなの。つまり、そういうふうに捉えられるのよ。

吉本　あんなにたくさん働いて、お金を入れたのは私です。だから悔いはない。

ハルノ　だから、そういうふうに受け取られちゃうんだよ。なので世間でもそう思われているに違いないと思うな。私ができないところを妹がやってくれて助かると思ってた。

吉本　タイプが違うっていいね。私、あの頃は死ぬほど嫌な仕事とかもいっぱいしてたもんな。変なセクハラおやじと旅行に行くとか。それでも稼がなきゃいけなかった。だってうちの両親、病院は個室じゃなくちゃダメとか言うんだもん。

ハルノ　本当にね。あの病院は自動的にそうされちゃうし。

吉本　だから父母が入ってたあの病院の新しい建物、私が建てたぐらいに思ってるもん（笑）。向き不向きを姉とカバーしあってたんですよね。

——そうだったんですね。

最期の一日まで

吉本　私なんて完全にＡＤＨＤだから。同じところにじっとしてられないからさ、だからたぶん、介護とかは本当にできなくて。育児のときも大変だったもん。でも、育児なら子供を抱えて外に出られるけど、介護はそうはできない。

ハルノ　抱えて出られないですね。だから私は、自分が外に出ている間は、万が一両親が転んで死んでもいいやと割り切って、１日２時間だけ外に出る。そういう状態でした。

吉本　最後のほうはそういうふうになってましたね。

ハルノ その時間はもう勝手にやらせてました。そのかわり、帰ってきたらそりゃあえらいことになってたりもするよ。

吉本 でも、母が介護認定とってからはちょっと楽になったよね、ある意味ね。

ハルノ うん、ちょっとは。

吉本 だってヘルパーさんが家にちょっと見に寄ってくれるもん。

ハルノ 父は介護認定は利用しなかったんです。

吉本 絶対に嫌だと言うから。すごいよね。あんなになってまで。

ハルノ だから、それはもうご本人のご意思を尊重するということで。

吉本 お母さんはわりと受け入れてたな。

ハルノ 母は全然大丈夫だったから、手すりやなんかもばんばん取りつけて。でも結局、お父ちゃんもそれを使えるから。

吉本 そうだよ、よかったよ。私もあんなになってまで認定とらない人は初めて見たよ。

ハルノ そうよね。だけど、すごいなと思うのは最期に入院するまで、本当に自分でおむつを替えられたのね。おむつ式パンツですけど。

吉本 できなくなったのは最期の1日だけだったよね。

ハルノ できる・できないで言えば、実はできてないのよ。必ず漏れてるの。オーバーフローしちゃって。だけど自分で取り替えてる。時々足くらいまで履いて、そのまま、くかぁーっと2時間くらい寝てたりもするんだけど。

吉本　でも、貫いたよね。

ハルノ　自分でやるんだからすごいって思って、ほっておこうと思ってね。私がちゃっちゃとやっちゃえば、そのほうが早いけど。まだやれるって言って本人がやりたいわけだから、やらそうと思って。

吉本　逆にカバーしちゃうと、どんどん弱っちゃうしね。

ハルノ　やる意思はすごかったですね。ただ、おむつ式パンツにしたのはずいぶん早いんですよ。2000年ぐらいかな。

吉本　そんな気がします。それまですごい意地になってたけど、喜んでたよね。

ハルノ　そうなの。

吉本　こりゃあ楽だとか言ってたの覚えてる。晩年も、この客間の中を自分で這って移動してたもんね。

ハルノ　そう、這って。

——最晩年の頃、吉本さんに1回で3時間ずつぐらいのインタビューをしに何度かうかがわせてもらったことがありました。そのときも客間で3、4時間ずっとしゃべりっぱなしでした。すごいエネルギーでしたよ。

ハルノ　そうですね。しゃべる力だけはすごかった。

吉本　そのエネルギーは尽きることはなかったね。

ハルノ　だから最期も、家に帰って来られるつもりでいたんだけど、もし寝たきりになって、家で胃ろうってことになったらどうなんだろうって一瞬考えた。けれど、胃ろうにしてもこの人はずっとしゃべり続けるなと思ったから、その選択もありかもしれないって思ったね。頭はちゃんとしてました。

吉本　頭はね。でも最期は寝たきりというか、意識不明になっちゃったから諦めもついたというか。

いつも何かと戦っていた父

――比較的思考というか、意識は最期まではっきりしてた？

ハルノ　肺炎になって朦朧とするまでは、ちゃんとインタビューとかも受けてましたからね。言うことが怪しい時期もありましたが。

吉本　相当ね。

ハルノ　内容がいろいろなんですよ。この話のここまでは妄想、ここはちゃんとしてるとかね。

吉本　やっぱりいつも戦ってるんだなー。何かと。

——そう感じました？

吉本　常に戦ってるんだな、戦わないと生きられないんだなっていうのは感じましたね。仮想敵国みたいのがあって。

——ばななさんは共産主義者だって言われたことがあるそうですね。

吉本　おまえは共産党だ！　って言われて。お父さん、私は共産党について、誰が始めたかも知らないんだよって言ったら、そうかあ……って。

ハルノ　共産党にいったら出世できるぞみたいな。

吉本　とにかく何かと戦ってましたね。

　あと、夫が最期の頃にお見舞いに来たとき、夫に対して私についてのアドバイスを1時間半ぐらい語ったのが録音してあるんです。何を言ってるかほとんどわからないんだけど、聞き返すとやっぱりすごい。何回も何回も真摯に説明してるんです。

——アドバイス？

吉本　アドバイスっていうか、夫を介して私に言ってるってことはわかってて。自分でももう何を言ってるんだかわからなくなってるんだけど、必死で話してるのがすごい伝わってきて。そういう意味で、いつまでも何か思ったことを……。

ハルノ　口にすることで、何かの形にしたかったんだ。本当によく寝落ちるんだから。

吉本　不思議な体勢でね。

ハルノ　そういう意味ではすごかったですね、最期まで。
吉本　すごかった。寝落ちか？　と思ったら、低血糖だったりもした。
ハルノ　そう、危なかった。
吉本　すごく怖かったよね、あのとき。そういうこともありました。
――糖尿病は回復するというよりも、継続的にずっと引きずっていたんですか？
吉本　インスリンで何とかもたせてたんじゃないかと思うのですけど。そうですよね？
ハルノ　うん。でも、最期は要らなかったよね。
吉本　全部が弱っちゃって食べられなくなっちゃって。
ハルノ　食べたいものは何でも食べさせようと思ってたけど、やっぱり食べられなかったし、年でもあった。
吉本　亡くなる前年に姉のコロッケを2個食べてた。父を見てて結局人間って、そういうので生き延びるんだなっていう感じはしたけどな。母は元々ごろごろ寝てたから、寝たきりになってもあまり変わらず。
ハルノ　全然普通な感じで。
吉本　ものすごいぼけた感じになってたのに、お母さん、たけしの娘は井子《しょうこ》、そして、さんまの娘は誰だっけとか聞いたら、「さんまの娘はＩＭＡＬＵよ」とか言ってたもんね。あと、松居一代は清潔にしすぎ、ちょっとあれは異常ねって言ってたもん。そういうことはちゃんとわかってるんだと思って、すごくびっくりした。

――いろいろお話をうかがって、世間的に思われている吉本家のイメージとは違うという
ことがよくわかりました。

うそのない生き方を目指して

――娘としてという視点と人間としてという視点で、吉本さんの一番好きだった部分、尊敬してる部分はありますか？

ハルノ　すごいエネルギーでした、父はとにかく。
　とてもじゃないけど、並みの人には家事もやって子供の弁当まで作って、それであれだけの仕事をこなすことはできないと思います。私たちが周りでうるさくしてても、ちょっと黙っててくれなんてことはひと言も言わず。

吉本　なかったね。

ハルノ　それでちゃんと猫と私らを食べさせたっていうのは、本当にすごいなと思いますね。それだけのエネルギーは、ちょっと常人にはないと思いますね。

――なかなかいないですよね。

ハルノ　いない。他のどんな人、物書きの人にも、思想家の人にも。

吉本　暇にしてたらだめだったんじゃないのかな。
ハルノ　そうかもしれない。
吉本　奥さんがよくできてて、料理も全部作ってくれて、靴下をはかせてくれるような感じだったら、たぶんあそこまで頑張らなかった。
ハルノ　かもしれないですね。
吉本　だから、よかったんじゃないですかね。逆に過酷な状況であるが故に。
ハルノ　自分がそういう状況の中にいるから、自分のやることは25時間目にやってました。私は介護をやるようになってから、25時間目なんてないよ！　って思いましたが。
吉本　ない。どこにもない。
ハルノ　子育てだってそうじゃん。
吉本　でも、私はうまくサボれるタイプだから、いつもサボることばっかり考えてる。それが秘訣です。10分あるからちょっと寝るとか、30分だけお茶してくるとか、1時間家に帰らないみたいな。
ハルノ　ちょっとサボるは父もよくやってたかも。お父ちゃん、まだ着替えてるなと思ったら奥の部屋に、かーって横になって寝てたりして。
吉本　忙しいときは、そういうふうにして何とかしのぐものですよ。
ハルノ　そうなんですよね。何にせよそうです。それしかないですね。

——吉本さんは何と戦ってたんでしょうか。

ハルノ　私も共産党の信者と、しんぶん赤旗のやつと付き合ってるって言われてね。全員、共産党。

——なにかラインがあるんでしょうね。ここまでいったら共産党っていう。

吉本　でもたぶん、すべてを疑わなきゃいけないと思ったんだろうね。身内でも何でも。

ハルノ　共産党に金を流してるって言われて、自分で銀行まで確認しに行くんだから。

吉本　私が父を尊敬している点は、さっきも申しましたが、書いているものと食い違いがまったくないところです。

——なるほど。

吉本　書いてるけど、実はこうしてるとかなかった。あと、大学で教えたりしなかったこともすごいと思う。

ハルノ　それはすごかったね。

吉本　私にも、その誘惑はつねにあるんです。何かの講師になって定期収入っていう。

ハルノ　日大とか誘われないの？

吉本　絶対に断る。でも、理事とかにはよく誘われるよ、いろんなものの。でも、理事になっちゃダメだと思って。そういうときはすごい精神力が必要だなって。だって、時間も取られるじゃないですか、やっぱり。書く時間が減る。父は生涯やらない、って言ってて実際にやらなかった。書いてるものと言ってることの食い違いがないって簡単なようですごく難しいんです。

ハルノ　難しいですよね。経済的にもそうだよね。心が動くときあるよね。安定した収入があったら、と思うと。

吉本　この仕事を2年間やったらめっちゃ楽だとか思って、国の仕事とか学校関係とか、揺れるんだけど。それに、もしや遠回りだけど、これノーベル賞に続く道？　っていうお仕事がたまにあるんですけど、それも断る。私も、言ってることとやってることが絶対違っちゃダメだと思って父を見習ってます。

ハルノ　本当に、きれいごとじゃなかったもんね。

吉本　そうね。書いてきたこととのギャップはなかったですよね。

ハルノ　ないんですよ。

吉本　きれいな人を隣に座らせたりしてもなかったよね。

ハルノ　そんな女好きでもないしね。

吉本　でも、Y子のことはちょっと好きだった。

――どなたですか？

吉本　私の友だちで超能力のある人がいて、その人のことがすごい好きだったんです。

ハルノ　なんかあるんだよね。

吉本　髙橋真梨子に似てて、ちょっとぽっちゃりしてて、うりざね顔で。すごい好きで、彼女の言うことをすごい信じてた。

――どのような感じに？

吉本　父が溺れたとき、父の姉がまだこっちの世界に来ちゃだめって言ってたとか。お父さんよりちょっと年上だけど若くして死んだ兄弟が、こっち来ちゃだめだよって言って、すごい手を引っ張って生き返らせたのよとか言ってたら、その話をすごい信じて喜んでた。

――そんなことがあったんですね。

吉本　お父さんが溺れたときに私がY子に電話をしたら、あっち側まで行ってないから大丈夫、絶対帰ってくるよってはっきり言われたんです。

ハルノ　すごい人だったよね。

吉本　だから、お父さんも彼女だけは信じてましたね。

目が見えにくくなってきたときに、Y子が父に、見たくないものがあるんじゃないですか？　とか言ったら、なんでわかるんですか？　って言って2人で和気あいあいとなってた。そういう意味では、大好きだし信じてましたね。

ハルノ　別にうそはつかなかった。

――いろいろすごいお話が聞けました。ハルノさん、吉本さん、今日はありがとうございました。

吉本　ありがとうございました。

ハルノ　ありがとうございました。

（２０２３年４月26日、吉本家にて）

ハルノ宵子さんに聞く——

父のこと、猫のこと、エッセイのこと

［聞き手］菅原則生

猫巡回はきっぱりやめました

ハルノ　どうぞ、父のことなんでもお聞きください。

――玄関にある自転車は吉本さんのものですか。

ハルノ　いや、あれは私のです。

――サドルが高いですよね。

ハルノ　そうなんです。あと1㎝ぐらい下げたいんですけどね。自転車屋さんがどうやっても下がらないって言うんですよ。だからもう足が地面に着かないんですよ。

――そうとう頑丈そうですよね。

ハルノ　もう30年ものですね。

――あの自転車で、この前ころんで骨折したんですか。

ハルノ　そうなんです。でもあの自転車はキズひとつついてないんです。心臓部は何度も直して、原価の10倍くらいお金がかかっています。父はもっぱらママチャリでした。

――乗り方が難しい自転車に見えますね。

ハルノ　ところが、とっても相性がいいっていうか、転がりのいい自転車なんです。

――吉本さんは、あれには乗ってなかったんですか。

ハルノ　父はあれを怖がってましたね。

――ちょっと怖そうですもんね。骨折したのは冬だったんですか。雪で転んだんじゃなくて。

ハルノ　酔っ払い運転です。猫巡回のときですね。ぱたんって倒れて、そのときは痛くないし、たいしたことないって思ったけど、それっきり身体がピクとも動かなくて。足が丸太ん棒みたいに重くなって救急搬送です。自爆テロの日（パリ同時多発テロ事件）でした。自分でも自爆テロって呼んでます。

――猫巡回は３６５日やっていたそうですが、できなくなっちゃったわけですね。

ハルノ　これはもう、ちょっと無理だろうと。いつかこういうかたちでやめることになるだろうとは思っていたんです。あと10年はいけるだろうと思っていたんですけど、ちょっと早かったなあ。

――猫巡回はもういまはやってないんですね。

ハルノ　そう。もうきっぱり行かないって決めて。どんどん依存症的になっていくので、どっかでやめなくちゃなぁと思っていました。もうそれなりの成果はあったので。

――『それでも猫は出かけていく』で、猫の集会に出たことがあるって書いてましたが、あれは自分も猫になって、猫たちとシンクロするっていうことでしょうか。

ハルノ　うちの猫が2、3いてそこに猫が集まってきて、くっついたり挨拶したりするんです。猫同士だから距離をおくんです。それぞれ等間隔に距離をおいて、いい感じになっていくんです。

――それはとてつもない解放感というか、一体感ですね。人間同士ではありえないような。そういうところに行けなくなって寂しいですね。

ハルノ そうですね。でも、猫集会は家の前とかお寺の中とかでやってます。仲良しの猫がいて、じっとしてればそうなります。

――阪神ファンだったそうですね。京都の大学に行っていたことと関係ありますか。

ハルノ それとは関係ないんです。妹が持ちこんできたんです。水島新司の漫画『ドカベン』とかが好きで、それまでは、別に野球ファンは誰もいなかったんです。妹が強烈な阪神ファンになって、それで家じゅうが。妹はその頃セ・パの選手の背番号を全部言えたくらいで。父はどちらかというと阪急ファンだった。

――そうですね。70年代に吉本さんからそんな話を聞いたことがありました。巨人の王に比べたら阪急の福本のほうが優れているんじゃないかって。年間100盗塁、3割バッター、外野の守備も良い、ということで。

ハルノ 職人ワザができる選手が好きでしたね。

――その後は阪神ファンはもうやめたんですか。

ハルノ 最近は真剣に見ないし、結果だけ見る感じです。いちど呪われると……。

御徒町時代は黄金時代だった

――晶文社の吉本全集の月報を読んだんですけど、島（成郎）さんの話が出てきて、幼稚園の頃「お嫁さんになりたい人No・1」が島さんだったと書いていますね。島さんは60年安保の人で、60年代といえば多子さんはまだ4、5歳くらい。

ハルノ　私の記憶では御徒町の時代で、あの頃は一番出入りが激しくて。

――相当激しい人が……。

ハルノ　そうですね。家というよりも、なんとなく公の場のようで。母は本質的にそれが好きではなかった。

――どこかの事務所みたいな感じですよね。近所の人が怪しんだんじゃないですか？

ハルノ　怪しまれたらしいです（笑）。でも黄金時代でしたね。妹がまだいなかったから、大人と遊ぶしかないんですよね。7歳までは1人っ子でしたから。

――吉本さんは、人が来ると「いつ帰ってもいいし、いつまでいてもいい」というようにしていた、と。そうすると毎日だらだらといつまでも人がいる状態ですよね。

ハルノ　そうなんです。母は相当いやだったと思いますね。父が〆切をかかえていたりしたのを母が見てイライラしていて……。

――京都には4年くらい行っていたんですか。

ハルノ　そうですね。正式に出てないんですよ。時間切れなんです。みんなが卒業するころ、大阪のNHKの美術部でバイトやりだして、なんとなくだらだらと京都にいました。5年くらいいましたかね。ちょうど5年目くらいの時に漫画賞をとったので帰ってきちゃおうということで。だから、大学は時間切れということで、よくわからないんです。

――私のうっすらとした記憶では『野性時代』という雑誌に漫画を発表されていましたね。吉本さんが詩を連載していて、そのときにハルノという名前が出てきた。

ハルノ　帰ってきてそんなに経っていなくて、23、24歳くらいの頃です。うちに出入りしていた渡辺寛さんという名編集長が、「野性時代もこれから漫画を載せていきたいから、ちょっと描いてみない？」というので、それでやらせてもらったんですけど。最初4コマを描いてて、次にショート・ショートみたいになって、どれくらいやったんでしょうかね。それから回り回って小学館の雑誌に描いていたんですが、切られたというか、なんとなく脈のない感じになってきて。そうなると、私は持ち込みが大好きで、あっちこっちに持ち込みを始めました。

『それでも猫は出かけていく』はいちど中央公論で断られているんです。もともとの『猫びより』の辰巳出版が当然出してくれるものと思っていたら出さないって言うし。以前、中公の『婦人公論』の企画で嵐山光三郎さんと対談したことがあって、嵐山さんは『開店休業』が面白いって言って、それで「あなたの文章は面白いから、他に何かないのか」っていうから「あります！」って。それで中公にあずけたらウンともスンとも言ってこないので「よし、持ち込みするぞ」って嬉しくなっちゃって。

手始めによく知っている幻冬舎の石原正康くんに電話して、「本出す気ないかね」って言ったら「出しますよ」ってなって。あれ？　って。持ち込みの楽しみがなくなってしまった。

京都にいるあいだじゅう、漫画ばっかり描いていた

――『それでも猫は出かけていく』の中で、一番好きだなぁっていうのは「旅の途中」っていう話ですね。月報にもありましたが、表現というのは息を止めて海の底まで潜っていって、息も絶え絶えに海面に戻ってくる、そういう苦しさをくぐっていないものはダメなんだ。それがない表現は表現じゃないんだと。その掟をつくったのは父だということですが。「旅の途中」とかその他もそうですが、一番キツいところをくぐっているなあという感じを持ちました。で、「旅の途中」というのは京都の知人が飼っていた猫の……。

ハルノ　京都の友人が猫を飼っていて、その猫の仲良しの外猫の「太郎くん」を欲しいと言ってくれる人がいて。その人は東京の杉並の人なんですが、その人にさしあげたところ

「太郎くん」を東京まで運んできて、杉並で逃がしちゃったんです。

――逃げたあとの消息はもうないんですね。

ハルノ　ええ、もうないんです。

――まさか京都まで帰るということはできないですね。

ハルノ　京都まで帰るほどの執着はないから、居心地が良いところでおさまるんだろうなぁと。

――その猫はどこかで居心地が良いところ見つけているかもしれないし、野垂れ死にしているかもしれない、それがかわいそうとかじゃなくて、人間も猫もみんな「旅の途中」なんだっていうのは、みんなそうだよなぁ、と思いましたね。どこかで逸脱してそれが本筋になっていくということですね。それが「旅の途中」なんだと……。

ハルノ　うちにもそんな猫がいっぱい流れ着いてきます。どこかから、どこかへ行く途中なのか、追い出されたのか、逃げ出したのかわからないけど。

――それがいつの間にかいなくなってしまうんですね。

ハルノ　そうですね。うちはいまのところ居心地がいいようだから、完全に居ついているのも2匹ほどいます。ここを終の住処にしようとしていますね。

――それは分かるわけですか。

ハルノ　分かりますね。

――精華に入学したのは1976年ですね。本駒込に戻ってきたのは80年。23、24歳ですね。

ハルノ　京都にいるあいだじゅう漫画ばっかり描いていて、学校はサボり倒して、授業にはほとんど出てないんです。今の精華とは全然違って、バラックみたいな校舎で。それが山の間に点々とあるんですよ。私は好きだったけど。

――それは自分で選んで？

ハルノ　父がちょうど笠原芳光さんとあの頃懇意にしてて、講演によく行ってると思うんですけど。「美術の学校ってどうだ」と父のほうから。美術系ならありがたいということで。

――笠原さんというのは先生でしたか？

ハルノ　次期学長になりました。

――その頃70年代の後半、私みたいな吉本ファンがいて大変だったんじゃないですか、京都の生活は。

ハルノ　いいえ、美術系の学校だからそういう意味ではあまり大変じゃなかったですね。

――その頃、吉本さん、京都によく講演に行ったりしてましたね。

ハルノ　そうですね。精華や京都大学新聞とかの依頼で。

父親として、あんまりいい思いはしてなかった

――吉本さんは父として自分は50点くらいだと何かで書いてましたけど、多子さんの目から見たら点数はどうでしたか。

ハルノ　点数で割り切れる人じゃないですよね。どうなんでしょう。父親としてあんまりいい思いはしてなかったけど。でも最終的に妹と私をなんとかしてくれたから、どうにかなってるから。うまくやりやがったなとしかいいようがないですね。うまくやられたかな、みたいな。

――複雑な言い方ですよね。面白いなと思うのは、高校の頃の話で、娘が高校をサボって街を歩いている時に吉本さんが通りかかって見て見ぬふりをしてすれ違ったというのがありましたね。普通の親だったら、なにしてんだ！　ということになりますよね。これ吉本さんらしいなぁという感じがしますね。

ハルノ　まあ、そうですね。

――その時、怒られるとか思いませんでしたか？

ハルノ　いや父はそういうことでは怒りませんね。あれは何をやっていたかというと、私は電車が嫌いで、バスで通学してたんですよ。西武池袋線沿線の都立豊島高校ってところ

に行ってたんですけど、池袋まで行ってまたバスに乗り継いで通ってたんです。高校の頃ってとにかく眠いんですよ。それで眠ったまま要町《かなめちょう》の車庫まで行ってしまって。ぼやっとして、もっと寝たいなと思って。次々にバスを乗り継いでたら青梅まで行っちゃいました。そういうことやってたんで、街中で降りたときは、じゃあ上野で映画でも1本観て帰ろうかなという時に会ったんじゃないでしょうか。

——学校へ行くのがいやだったのではない？

ハルノ　いやだったんじゃないんです。友だちは非常に面白い人たちだし、自由だったし、先生もいい先生だし、何の文句もないんだけど、どうしても私は座ってたり、という時間がすごくいやで。教えられるというのか、習い事って今でもそうなんですけど大嫌いなんです。自分で勉強するのはいいけど、習い事はダメで。教えてもらったって頭に入るわけないし。とにかく、そういうことには不向きなんですよ。

——そういえば、芹沢俊介さんが家庭教師をされていましたね。

ハルノ　ああ、全然お互いダメなんですよね。父は芹沢さんに大学生だからおこづかい稼ぎのためにやってもらおうとしていたんでしょう。

——『試行』に芹沢さんが書いていたのはその頃ですか。

ハルノ　それはもうちょっと後じゃないかなぁ。理科と数学を教えてくれるはずなんだけど、母がおやつを持ってくるとホワイトボードを前に2人で寝てたとか。向こうもやる気ないし、こっちもやる気ないし。

――芹沢さんは家庭教師に向いてる人なのかなぁと思っていましたが。

ハルノ　イヤ、学問を教えるという意味では、向いてないですね。

――あと、すれ違ったときに吉本さんは何も言わなかったってのは、けっこう大きい意味があるような気がするんですよ。同じような話で『開店休業』に出てましたけど、夏の西伊豆の海で、中学校の頃に1人でボートに乗って沖に出て、停めてあった廃船によじ上って1時間ぐらい寝ていて、それで帰ってきても吉本さんは何も言わなかった、と。普通は心配ですよね。

ハルノ　そうですね。それは信用していたと思います。お互いの海での信用というのはいちおうあるんで。父が溺れたときはびっくりしました。まさかって。

――確か1996年でしたか。ちょうどオウム真理教事件のあと、吉本さん相当深く疲労していたということも。

ハルノ　そうだと思います。精神的なそういうのもあったし。それと、糖尿も相当悪かったんです。もしかすると低血糖になっちゃったのかもしれないですね。泳いでふと意識が消えて……。

――まわりに誰かいて「助けてくれ」って言えばいいのに言わなかったというのが……言えないというのが何かあるのかな。ＮＨＫのお昼のニュースで、吉本さんが西伊豆で溺れたというのを聞いてびっくりしました。それで2、3日して千駄木の日医大病院に搬送されたと新聞に出て。それから、意識は戻ったということになって、よかったなぁと思いました。

父は言葉のバトルのプロだから、言葉では勝てなかった

——月報に「ヘールボップ彗星の日々」というのがありますが、その彗星は2500年に1回太陽に接近するということですね。1997年にその彗星が地球から見られた、と。その頃吉本さんが出したある対談本をきっかけに我が家は「最大の家庭崩壊の危機に陥っていた」と書かれてますね。その本の「内容が母を激怒させていた」「私や妹だって父の著作には何度も傷つけられた」「その本を読んだ母の怒りと絶望は私の予想をはるかに越えていた。内容のある部分が琴線に触れたのだ。母は自分の人生を全否定されたように受け取ったのだと思う」と。それから「出て行く!」「イヤ、オレの方が出て行くから!」というお決まりの事態になったと。その本というのはこの『食べものの話』(97年刊)という本ではないですか?

ハルノ　いいえ、それではないんです。

——これかなと思ったんですけど。

ハルノ　その本は永久欠番になりそうですね（笑）。

——そうですか。この本の中に74年初出の「わたしが料理を作るとき」というのがあるんですが、書いてることは激しいですね。少し読んでみます。

《病弱な細君の代りに、ほぼ七年間くらい、毎晩喜びもなく悲しみもなく、淡々と夕食のオカズの材料を買い出し、料理をつくり、お米をとぎ、炊《かし》ぐということを繰返してきた。…中略…七年間もやっていると、料理自慢の鼻もへし折れ、味の愉しみなど少しもなくなり、ただ、そこに夕方が来るから、口に押し込むものを、す早く作るのだ、という心境に達する。そして、ウーマン・リブの女たちを、一人一人殺害してやったら、どんなにいい気持ちだろう、などと空想するのが、料理中の愉しみのひとつである。たぶん、わたしは死ぬまで、特別の用件で出かける以外は、この料理役を繰返すことになるだろう。そして家事から解放されたり、解放されなかったりする女達を呪いつづけて死ぬことになるだろう。》

これについてエピソードを吉本さんから76年くらいに聞いたことがあります。これが出たあと、細君から「なんでこんな文章を公にするんだ」と問いつめられて、3日間ほど寝る時間もなかった、と。それを聞いたときショックを受けました。漱石の『道草』の夫婦像が頭をよぎったというか。

ハルノ　そうか、まあ、やられたかもしれないけど。その程度はやるでしょうね。でも、その時のほうがまだマシだったかな。母はとにかく作るの嫌いだし、食べるのも嫌いだからそのへん何をどう書かれても、母は作らなかったという事実があるし。苦手なものは苦手だから仕方ない。

その呪いの気持ちは、世の中の家族のために毎日料理を作る人すべてが、男女にかかわらず持っていると思います。

あの頃父がきつかったのは妹の朝食を学校行くんで作らないといけなかったから。それもまた大変だったんですよね。あと、私の高校のお弁当も作っていましたから。人には見せられないようなものでしたけど。

――数年前に、新聞に載った多子さんのインタビューをたまたま読んだんですけど、漱石の場合は、漱石が亡くなったあとに奥さんが自分のことを棚に上げて「あの人はちょっと精神的に病んでいた」みたいなことを書いていて、自分も死んだ後に家人からその手のことを書かれたら負けだ、と吉本さんは生前言っていた、と。その点では吉本さんはそう言われてないから「父は永遠に勝ち逃げ」してしまっていてずるい、というようなことが載っていましたね。

ハルノ　精神的な何かはないけれど……。吉本ファンの人に言ったって信じないでしょうが、やっぱり人間ってトシをとったらボケるんですよ。それはいたしかたないことです。晩年は。あの吉本さんがボケるわけないって吉本ファンの方々は思っていらっしゃるでしょうけど。やはりボケるんですよ。

——あちこちから吉本さんがボケたんじゃないかって聞こえてきましたね。僕はそんなことないって思ってましたけど（笑）。

ハルノ　人に対して語ることはそこそこマトモですし、頭がおかしいと思ったこともないんですけど。

——漱石と吉本さん、どこが違うのか考えたんですけど、もし自分の娘が学校サボって街でプラプラ歩いていたら、漱石だったら弾圧しちゃったんじゃないかと、ふと思ったんです。

ハルノ　でも、まあ、時代的にももちろんそういうことですよね。

——そうですね。

ハルノ　ただ、やっぱり父は言葉のバトルのプロだから、なかなか言葉で勝てないんですよ。なんで大学行かなきゃいけないのって話とかになるわけでしょ。そうするとやっぱり論理的にすごいんですよ。文句を言えない論理を言ってくるんですよ。別に行かなくたっていいけど、大学に行くと「きみ、自由度が上がるんだぞ」って言うの。「うっ」って思うんですよ。将来に対する自由度ですよね。それと、1度そういうキツイものをくぐり抜けないとダメなんだと。その2点は確かにその通りとしか言いようがないんで。普通は大学行かなくたって働けばいいじゃんって言えば、それでおしまいなわけで。

――吉本さんもそこはゆずらなかったんですね。サボってもいいけど、大学行って卒業だけしとけよっていうことですかね。

ハルノ う〜ん、っていうか、大学は行っといたほうがこれから先のきみの自由度が広がるっていうね。そういう言い方されると、うーん、確かにその通りかもしれない、と。でも漫画家になりたいっていうのは捨てられないわけだし。妹はそういうのはまったく真っ向勝負でやってきましたけど。私はとにかくゲリラ作戦で、ちゃんとやってますよーっていうフリをしてサボるとかね、そういう人間だったんです。とりあえず、すれすれで入りますよ、とか。行ってますよといいながら、自分の好きなことをやっていたとかね、そういうタイプでした。

火は使うほうの責任であって、火自体に責任はない。みんな均等に頭わるい

――『フランシス子へ』という本のあとがきに多子さんのかなり強烈な文章がありますね。「吉本ファン諸氏よ！　私はあなた方とはなんの関係もないのだ」っていう。僕なんか、吉本ファンなんで、返す言葉もないっていうか。

吉本ファンというのは、多子さんから見てちょっと面倒くさいものでしょうか？　反原

発の話とか、さかのぼってオウムの頃とかもそうですが、吉本さんが言っていることというのは究極のことなので、そこに理解が及ばないっていうか。原発の話だと、こんなに福島は悲惨な状況になっているじゃないかという心情にみんな一斉になだれ込んでいって、吉本さんの「反原発はダメだ」という一点に対してあの頃、あちこちで「自分が信頼してきた吉本さんがこんなことを言うのか、これで自分は吉本さんが嫌いになった」と言い始める人が出てきた。しかしこれは、なんだろうと。亡くなる前に力を振り絞って、何かを伝えたいと思って言っているわけだから、そういう言い方はないだろう、と。

ハルノ むしろ、なんで理解できないのかなぁって。火は使うほうの責任であって、火自体に責任はないわけですよね。技術を高めるしかないし。

——反原発って言ってるとき、みんな通俗的になっている、良い人になっちゃってる。オウムのときもそうでしたけど、サリンによる被害は甚大であって、確かに即自的には許せないということになりますが、思考が平板的すぎて、大事な核心が抜け落ちてる。思考に粘りがないからきれいごとにしか聞こえないというのがありますよね。それで一斉に吉本ファンは伝染病のように、吉本さんの発言に反発して……。

ハルノ そういう時期が何度もありましたね。

——そういうのを見ていると、吉本ファンはあまりに面倒くさいでしょうか?

ハルノ やっぱり、みんな均等に頭わるいんですよ。吉本ファンであろうがなかろうが、人間、みんな均等に頭わるいんだなあって。

――『それでも猫は出かけていく』の中で、「普通の人が残忍なことをする」っていうのがありましたけど、猫を殺す毒をまいている人がいるんですか？

ハルノ　結果を考えずに平然と殺鼠剤をまくんですね。

――普通の人が残忍なことをするという根っこにあるものと、何かそのきれいごとを言う人たちの根っこにあるものは同じだという気がするんですよね。きれいごとを言っていた人が残忍な側にふっと変わるというか。

ハルノ　父とは違うレベルだけど、猫のことではイヤというほど闘ってます。闇の活動ですが（笑）。

とにかく根底から疑うっていうのが父の本質なんです

――『フランシス子へ』っていうのは亡くなる1年ほど前、何回かに分けてやったんですか。

ハルノ　それ、実はすごいこと書いていて。「ホトトギスってのはいるのか」っていうのはすごいですよね。だって、それって父の本質なんですよ。とにかく疑うっていうか。原発って本当に爆発したのか？　マスコミが言ってるだけでお前見たのか？　見に行ったのか？　っていうね。つまりそこからっていうか、そこまで、すべてを疑って考えるというか。耳も悪い、目も見えない、閉ざされているから、本当に地震が起こったのか、東京だって揺れたけどどのくらいの被害が出たのか。「ホトトギスっているのか」っていうのはそういうことなんだと思います。

——ホトトギスを見たからいるっていうことでもないんですよね。もっとその先の問題というか。

ハルノ　そうそう。あれがホトトギスですよって言われても、本当にホトトギスなのかっていうことですよね。

——あの本の結末で、編集者がホトトギスの鳴き声を持ってきて吉本さんに聞かせて、それで「みんな、おいで、おいで」って吉本さんがみんなを呼んで「へー、ホトトギスっているんだ」ってことで終わってますね。

ハルノ　素敵な終わり方ですよね。

——そうですね。僕なんか、ホトトギスがいるのかどうか、まだわからないぞって思いましたね。もうひとつは、浄土はあるのかっていう疑問ですね。以前月報で、編集者とライターの方が、吉本さんが亡くなったあと、ここ（吉本家の客間）で話しているときに吉本さんの空いた椅子をみながら、いまは吉本さんは浄土があるのかどうか、もうわかっているんですよね、と言ったというふうに多子さんは書いていますね。あれもいい終わり方ですよね。あそこに多子さんの沈黙があるというか。
吉本さんは、浄土というのはあるのかないのかはわかっていたと思うんですよ。それからホトトギスも、いるかいないかというのもわかっていた。むしろ、それによって何かの比喩を言いたかったんだろうと思うんです。その比喩が何かというところが、僕なんか、揺さぶられるんです。

ハルノ　とにかく、根底から疑うということですよね。

――オウム真理教のときもそうでしたけど、世の中からみれば極悪には違いないわけですよね。結果としては極悪をなしたわけですけど、じゃあ、取っ捕まえて、証拠を集めて、裁判やって、徹底的にすべてのデータをそろえて「やっただろ」と実証して判決を出して。あの人たちを社会から抹殺して、隔離して処分して、刑務所に入れて、そのうち死刑執行してしまえばそれで終わりかと。そういうわけではまったくないのですから。そういうことも含めて、もっと吉本さんは何か違うことを言いたかったかも知れないと思うし。自分にとってもまだ謎でもあるし。

ハルノ　じゃあ、麻原彰晃自体がそんなにインチキなのかっていうか、そういうのもあります。何かなければあそこまでやっぱり惹きつけられなかっただろうし。

――そうとう魅力があったんでしょうね。娘さんが「お父さんはハエも殺せない人だった」というふうに言っていますね。誰も信用しないんでしょうけど、僕はそうだったんだろうと思います。娘から見たらそういう人だったという。それとサリンをまいたかどうかというのは次元が違う問題だから。

ハルノ　サリンをまく教義があったということですよね。サリンをまいてそれで一度に壊滅するっていう。そんなの今のアルカイダだとか、今のイスラム国だとか、どこだってどんなところだって、教義って、究極的にはそこまでいくわけですよ。

――正に、吉本さんたちの大東亜戦争っていうのはそれを実行したわけですよね。

ハルノ　人間はほんと、己の理想郷をつくるためには絶対やりますよ。

――そういうことですよね。そこが解けなければいけないなって思うんですけれども。

ハルノ　でもきっと、永遠になくならないものですね。なくなりはしないです。

家は、柱だけ立ってて、全部開いてるイメージしかない

――玄関を開けているっていう話ですけど。吉本さんが、突然やってくる客とか、招かれざる客っていうのもあると思うんですけど、そういうのを分け隔てなく接したっていうのはすさまじい意思とか思想性っていうのもあるんでしょうけど、それだけじゃなくて、天草のDNAがあるんじゃないかって書かれていましたけれども、それはもしかしたら多子さんの中にも受け継がれているんじゃないかって思っているんですけれども。

ハルノ　特に両親が亡くなってから、家はないものと思っているんで、誰にいつ入られてもかまわないから、鍵閉めないで。だから入院中も閉めてないんです。助っ人のガンちゃんに頼んで開けといてって、明かりはつけといてって、鍵は閉めないでって。

――それは猫のためでもあるんですか？

ハルノ　もちろんそれもあるけど。泥棒さんにとって、そんな怖い家はないでしょう。でも、ほら、沖縄とかの柱だけ立ってて、全部開いていて。あのイメージしか家は、もうなくなりました。もし家に帰ってきてテレビがないってなったら、そこまで欲しい人がいたんだなっていうしかないですね。こんな旧式でも金にしてくれるんだったらなっていう。まぁこれは南方系の考え方ですよ。怪しい人が来たら、自分が出て行けばいいやっていうか。そのくらいにしか思っていない。

――そこがやっぱりすごいですね。お父さんの影響の一番すさまじいところっていうか、縄文人の感覚というか。

父に叱られると、みんな離れていっちゃう

ハルノ　ストーカー的な人がいまして、私の漫画のファンなんですけど、1回だけ地方から出てきて、その辺の喫茶店でサインなんかして、おしゃべりして、もともと父のファン

なんだなってのがわかってきて。それが悪い人じゃないんだけど、妄想系の、思い込み系の方で、なんか勝手に思い込んで。もちろん両親が亡くなったあとなんですけど。「今、吉本家に大変なことが起こっている。これから向かいます」って留守電が入って、めんどくさいって思って無視していたら、ほんとにやってきて。私はキッチンにいたんだけど、冷蔵庫の陰に隠れて。そしたら2階に上がっていって、次に1階に降りてきて仏壇を拝んでた。その間に私は勝手口から外に出て、お医者さんにお歳暮を届けに行った。帰ってきたらまだいて、ここに引っ越してくるつもりの感じで、大工道具とかリュックとか一式を玄関に置いて、ご当人はコンビニに買い出し行ってたんですよ。さすがに頭にきて、荷物を放り出して、「あなたのやっていることは不法侵入で罪になります」っていう貼り紙して、あと鍵かけて。そしたら、泣いて帰りました。それっきり来ませんね。

――その人は病院に入院してたりした人ですか。

ハルノ　いえ、境界型の人で、普通に仕事している人でした。私の漫画を初期から読んでいて。でも、結局、父のファンなんですよ。妄想の中で私と結婚しているんですよ。夢のような詩が届いたりして。うわーっていう感じでしたね。最終的に危険っていう人ではなかった。気の毒でもありましたね。

――私が20代の頃吉本さんに初めてお会いしたときも、そのストーカーさんと少し重なるところがありましたね。私の中で吉本さんに会って話をすることが必然的であっても、吉本さんにとってはそんなこと関係ないわけですから。それで近所まで来てウロウロしたり思い悩んだり。なかば命がけみたいな心境でしたね。それで、玄関を開けたら「どうぞ、どうぞ」って。その時の不思議な感覚というか安心感みたいなものは今も残ってますね。学生運動やめて仕事もなくて、時間もあったから思いついたようにやって来ては、困らせたような気がします。失業者には吉本さんは優しかった。そして何年かして次第に自分がずうずうしくなっていることに気がつき始めたというか。太宰治の『お伽草紙』の「カチカチ山」の一節みたいなことになっていきました。吉本さんちは居心地がいい、自分は歓迎されているようだと勘違いし始めた。ほんとは自分は迷惑がられているかもしれないのに。これは簡単な問題ではないですね。自分で自分が視えていないというか。

ハルノ　距離感が大事ですね。

――味岡（修）さんをみてると、自分は吉本さんと60年安保の頃からの付き合いで、叛旗派の集会があると、いつでも吉本さんは講演に来てくれた、だから、自分は吉本さんから評価され好かれていると考えていたと思うんです。実際、評価されている面もあったけど、それだけではすまないんじゃないかと……。

ハルノ　あの人は甘え上手ですよね。ほとんどは、それで叱られると離れていっちゃう。きみはどのレベルで理解していたのかねっていうね。で、意外な人が理解してくれていたり。そういうのもありますよね。

——憎めない人なんですよね。でも、その距離感って違うんじゃないかと思うんです。そこにはもっと厳しく険しい問題があるよって。最終的にはそれは解決しなきゃいけない。吉本ファンというのはそこを勘違いしているというか。

ハルノ そうなんですよ。

——『試行』に「横光利一論」を投稿したあとに伺ったときに、その批評が「とにかく決定的な横光論を書いてください」と。それで、本棚から横光全集を下ろして僕の前に積んで、これを持って帰りなさい、と。それは吉本さんの批評なわけですよね。それは励ましでもあるけれど、励ましと受け取らずに、挫折感だけが残りました。それから足が次第に遠のきました。

ハルノ 痛烈な批評ですよね。きみはそこまでやれるのかっていう。

——今だったら、吉本さんが僕の前に横光全集を積んだら持って帰りますね。

目が見えなくても新訳『カラマーゾフの兄弟』を拡大鏡で斜め読みしていた

——文章書くのは体力入りますよね。本を読んでいてもすぐに覚えないし、何度も読まないと入ってこないし。その点でいえば、吉本さんはサヴァン症候群だったのではないかと月報に書いていましたね。あれだけのものを書いてきたのに、ノートの類は1冊もなかった、と。

ハルノ それで目が見えなくなっても拡大鏡を使って斜め読みでした。最終的に長い書評を書けっていわれたのが『カラマーゾフの兄弟』です。あれの新訳を文庫にしたのが何冊もあって。全部斜め読みして。2、3日拡大鏡で読んでましたけど、全体像をつかんでる。それがやっぱりサヴァン症候群の一種だなっていう。

だから頭から読もうとすると『言語にとって美とはなにか』とか、2、3ページで寝ちゃうって人が多いけど、意外と女性は、『フランシス子へ』を編集していたお姉さんたちなんかも「おじさんたちは真っ正面から一字一句読み解こうとするからダメなんだよね」って。「ダーって読むと意外とわかっちゃうのよね、内容が」っていう。その講談社の人たち、気が合うので今でも付き合いがあるんです。

――その前に講談社から出た吉本さんの『ひとり』っていうのも、悟りっていうか、全部が比喩ですよね。しゃべってる言葉が同時に比喩になっているというか。

ブントの人って、見事に世間に返っていく

――70年代に私たちは裁判をやっていて。弁護士は実刑4年くらい覚悟しなさいって言う

んですよね。

ハルノ　そんなに元気なことしたんですか？（笑）

――教祖さまの味岡さんが指示したかどうかはわかりませんけど。中間層がいて、私は一番下っ端でしたが、火炎瓶持ってアパートに集合して、新宿の交番を目指して一斉に。

ハルノ　何で足がついたんですか。

――それはやっぱり、なかなか厳しい話ですね。まるで、原始キリスト教団の世界と同じで、人と人との相互不信だとか、そういうものが前面に出てきて、組織というのは壊滅していきますね。みんな傷つくし。敗北っていうのはそれが全面的に出てきますね。それでいうと、吉本さんも戦中世代ですし、村上一郎さんもちょっと上の世代で、戦争を真っ正面からやって、解体局面になったら相当厳しいというか。いまだにやっぱりみんな解決ついていないいんだと思います。そんなに簡単につくものじゃないし。そのときの記憶がよみがえると正気ではいられなくなるというか。

ハルノ　逆に聞きますけど、たとえばブントの人って、頭が良いって言っちゃいけないけど、みんな世間に返っていくんですよね。それはホントに見事に。何か妙なことでも受ける、金を集めてくるのがうまいなっていうのは、元左翼の人たちだよね。島さんはきちんと精神科医になった。島さん以外はそれほど知らないんだけど、みんな結局、社会の一般の人として生きていっている。うまいことやってるというよりも、もともと自分自身があったんだろうなっていうのはありますよね。

——そうですね。左翼で有能だった人は社会でも有能というか。私の周りで言ったら、ちゃんとしたビジネスマンになったとか、会社の重役になったとか、大学の先生になったとか、そういうのはいますね。

父と釣り合ったとんでもないエネルギー値をもっていた母

——ハルノ宵子さんっていう名前はどこから。

ハルノ 自分で良い子だなって。

——よいこっていうのは宵っぱりの宵ではなくて。

ハルノ とりあえず親にとっては良い子をやり続けてきたつもりなので、それでよいこって、宵子から初めにつけた。

——ハルノっていうのは。

ハルノ 春の宵から、春宵一刻で。

——漫画を描いていたのは中学くらいからですか。

ハルノ そうですね。そのくらいから。大学入ってからは下宿でやりたい放題描いては投稿していました。

――月報に「ヘールボップ彗星」「めら星」っていうのが出てきましたけど、星が好きなんですか？

ハルノ　もう本当に好きでしたね。千駄木にいた頃に、屋根の上に、屋上っていうか物干台があったので。あの頃はまだ暗かったですし、東京も。だから星も見られたし、転がって一晩中見てました。

――見てるって、寝っくり返って？

ハルノ　はい、寝っくり返って。

――ヘールボップ彗星っていうのは、1ヶ月も2ヶ月もずっと見られるんですね。肉眼じゃ無理なのでしょうか？

ハルノ　いや、あの頃肉眼で見られました。だから、なかなか明るい。彗星ってしっぽまで含めて何等級でやるんですけど、満月の半分くらいの光がこう……。

――そんなに大きいんですか。

ハルノ　はい。ハレー彗星のときはショボかったです。期待してたんだけどショボかったです。

――あの「ヘールボップ彗星の日々」によると、こんな文章を書いて、お父さん許せない、お母さんが「もう出て行く」って。

ハルノ　よくありましたけど、あの時は最悪でしたね。あれはもう本当にひどかった。

――その後その険悪な状態が続いたと思うんですけど、ヘールボップ彗星を見られるようになって、お母さんが、お父さんにも見せてあげようっていうことになって。あれはいい話ですね。

ハルノ　お父ちゃん、目も見えないのに、しかも歩けないのにね、2階に這い上がってきて。「あの辺だよ、あそこ、あそこ」って母が言ったら、「そうか、そうか」って。

――あれは読んでて、なんていうんでしょうかね、行き違いが多かったお父さんとお母さんかもしれないけど、こういうこともあったっていう、ご両親に対する多子さんのいたわりのようなものを感じました。

ハルノ　なんだかんだ言ってあの2人じゃなきゃ釣り合わないエネルギーでしたよ。2人とも激しいけど。

――太陽とヘールボップ彗星っていうのは反発し合いながら2500年に1回出合うということですからね。

ハルノ　厳しいですよ。

――僕らは読者として吉本さんの文章を読んでるだけで分からなかったけど、ご家族からしたら、家族を全否定したような文章、ちょっとは遠慮してくれたらいいのにってのもありますね。

ハルノ　母はほんとに、父と釣り合ったとんでもないエネルギー値を持った恐ろしい女ですよ（笑）。

――最近、「吉本隆明年譜」っていうのが出てて、とても精密に再現されていますね。

ハルノ　ああ、宿沢（あぐり）さんの。

――おふたりのなれそめの時期というか、和子さんが療養所に結核で入っているときに吉本さんが会いにきたっていうところまで載ってますね。同じ療養所にいた人から話を聞いて。それは宿沢さんが聞いたんじゃなくて、どなたかが聞いたんですね。

ハルノ　あれは石関（善治郎）さんかな。

――その同じ病室にいた人が、確かに吉本さんていう人が来ていましたっていう、あれはすごいですよね。そこまで取材したのかっていう。

ハルノ　お互い好きだったわけですよ。父は長いこと母方のお母さんには許されてなかったですね。なんでこんな無職のような人とって。将来性がなんだかわからないし。

――許されてなかったのはいつまでですか？

ハルノ　私が生まれてほどなく、お婆ちゃんは来てくれたようです。

真の自由を生きるために老人は出て行く

――月報で「ノラかっ」っていうのがありますね。吉本さんが亡くなる4、5ヶ月前、ちゃんと洋服を着て出かける格好で玄関で転んでたという。

ハルノ　そうなんですよ、玄関で転んじゃって、それでも出て行こうとするという。

――4、5ヶ月前ということは、2011年の大震災のあった年ということですね。

ハルノ　その年の11月くらいの話かな。

――吉本さんは何を思って洋服を着て出かけようとしてたんでしょうね。

ハルノ　わかんないですけど、何かの自由を求めてたんでしょうね。なんとなく家にも閉じ込められ、自分の身体にも閉じ込められという感覚があったんだと思うんです。

――最後、力を振り絞って自由になろうとしていたということですかね。

ハルノ　そうですね、多分そういう感覚があったんだと。猫もそうなんですよね。みんな玄関から出てってその辺で死んでたりするんです。やっぱり最後の力を振り絞って。それが野良の最後なんです。どんなに保護して暖かくしてやっても、そうやって出て行って。だから、死のうとして出て行く動物はひとりもいないんだし。最後まで自分であるために、みんな出て行くんだ、と。猫も……。

――この「ノラかっ」で書いてますね。「生ぬるい家も家族もいらない。最後には真の自由と孤独の時間を生きるために、すべての老人も出て行く」って。これはすごいですよ。同じようなことが『それでも猫は出かけていく』の「連れてっちゃったよ」に書かれていますね。病院での吉本さんとの最後の会話で、多子さんが「シーちゃんが待ってるから早く帰ろう」と言ったとき吉本さんは何か返事したんだけど、よく聞き取れなかった。それが後になって10日くらいしたときに吉本さんがそのとき言った「どこだって同じだ」という言葉が降りてきたっていう。死ぬときは「どこだって同じだ」というのと、「真の自由を生きるために老人は出て行く」っていうのは同じですね。

ハルノ　同じなんでしょう。今自分が動けないいんだったら、どこだって野垂れ死になんで、人間は。

——吉本さんの考えだというのと同時に、多子さんの考えでもあるんだろうなというふうに読めますね。あるいは吉本さんと多子さんが共鳴しているような。それは、シロミさんが来て、同時にご両親の介護が始まって……。

ハルノ　そうですね。生命とか生きるってことに関してすごく考えだしました。

——僕はそこまで考えたことはないんですけど、これからどんどん体も自由にならなくなっていくし、そういうふうになっていくときに、やっぱり団塊の世代は結構甘いですからね。

ハルノ　うん、甘いと思う。うまくぽっくりね、良いところで死ねればいいんですけれど。

——そんなわけないですよね。苦しいっていうかね。

ハルノ　なんていうか、どこでも、自分の思った通りじゃない、野垂れ死になんだよって、そう思うしかないですよね。家族に囲まれて安楽にって、あれ一番私も嫌だし、ぞーっとするっていうか。とにかく私も、いつも手術の時には誰も来ないでって、とにかく今日1日誰も来ないでって。なにか本当に死にかけることがあったらここに連絡してくれればいいし、とにかく来ないでって。弱ってるとこ見ないでって（笑）。

――それは入院しているときですか？

ハルノ　それもありました。骨折の時もね。だけど元春秋社の小関さんの妻が私の親友なんで、もう、面倒なことにいつも来てくれちゃうんです。「ありがとう」ですけど。

――普通、自分の親が亡くなる時はみんな集まって。

ハルノ　そういう面からいうとまったくなしですね、うちは。まあ、むしろ見られたくなかったというか、そんな「立ち会ってほしかないぜ」っていうか。

――それは一種の……。

ハルノ　それは野良猫かな（笑）。だけどねえ。わりに自分が思っている通りに死ぬんですよ。うちの母はホントにお見事っていう感じだったです。父とはそれでずいぶん論争して、それで母は尊厳死協会に入るとかで、父は認めないって言って。「そんなの、最後は自分の思い通りにはならないんだ」って。だけど母は本当に見事にぽっくりだったから。しかもたった1時間前まで私と話していて、お昼ご飯の支度して、私が雨戸を開けにいったら「今日はよく眠れなかった」って話していて、「じゃ、あとでお昼食べたらまた寝れば」って言って。その後、私がいつもの飲み物持って行ったら、息してないだろうって、脈とったら脈がないだろうって。それでも、よく母にはだまされてたから、何度も確かめに行くくらい、お見事！　普通だったら警察が来て司法解剖だったんでしょうけど、訪問医を頼んでいたので訪問医の先生に電話して「たぶん脈ないんですけど」って言ったら、「救急車呼びますか？　それとも死亡確認しますか？」って言うので、「これはもう死亡確認でいいです」って言ったら、先生が1時間以内で来てくれて。正に思い通りの死に方で、すげえ人だなと思いました。母は、ゆる〜くボケていました。その前がかなりきつい人だったので。亡くなる前は優しくくってまるくなって、良い感じにボケてるっていうね。あれほど見事な死に方をした人はいないですね。

父の熱烈なファンってなんなんでしょうね。

父の熱烈なファンって、お互い仲が悪い

ハルノ　父の熱烈なファンってなんなんでしょうね。放射線状になってて横つながりがない。お互い仲悪いから、私、どこにも加われない。それが厳しくて。石関さんもどこにも入っていない。石関さんは本当にすごい。だから私も先祖のことで分からないことがあると石関さんに聞きます。

――高知の松岡（祥男）さんも、もう何年も「吉本隆明資料集」を出してますね。

ハルノ　最近本当にひどい企画があったので、松岡さんに相談して……。松岡さんは遠方

にいながら、よく分かってらっしゃるので、私もいろんなときに頼りにしています。全集もね。

――揺るぎない全集を作ろうと、芯になって支えてますよね。

ハルノ　これまで、かなりいいかげんな企画でも、ある程度私はOKしてきたんですが。私が書いたものでもないしね。最近、そのひどい企画で揉めて、それで松岡さんに相談して。

――松岡さんが、2000年くらいからの「よいこのノート」という多子さんのエッセイを持っているというので頼んで送ってもらったんです。それはずいぶん参考になりました。短い文章の起承転結の中に多子さん固有の悲劇みたいなものが書かれているというか。

ハルノ　でも、私なんか「エセらまい」ところがあって。売れない漫画家だったから16ページしかもらえないとか、ページ数の制限があるんですよ。その中で描くっていう訓練をさせられるんですよ。だから1000文字前後だとうまく書けるんです。

――400字詰め3枚くらいですか。

ハルノ　うん、うん。だから、その削る訓練というのは漫画でさせられているんです。

――さらっと軽く書いてあるように見えて、本当はとても険しいことが書かれている……。

ハルノ　とにかく、もうずっと売れない漫画家なんですから、それは見事に訓練させられましたね。むしろ、長文にしろっていわれると困るんです。

――でも、かえって売れないからよかったっていうか。猫とも付き合えたし……。

ハルノ　介護で時間が取れなくなってからでも、猫の連載だけは淡々と続けていた。

――『猫びより』ですね。あれはどのくらい？

ハルノ　そうですね。8年くらいやっちゃいましたね。どんなきついときでもそれなりにやったし。

――今は月報ですね。多子さんの月報って、とても面白い。

ハルノ　京都の三月書房の主も、吉本全集の月報だけ立ち読みして買わないで帰っていく、そういう連中が多いんだって言ってます。それは申し訳なくて。

――6000円ですからね。

ハルノ　そうですね。それは買えないから月報だけ読んでいく。お前もそれかっていう。

――でも、分かります。全集は全部はなかなか買えない。元叛旗派の友人で、社会人としてちゃんとして今は経済的に安定している人は全集を全部買っていますけど。

ハルノ　それはありがたいことです。

――そいつから、買わなかった全集の月報だけ借りてコピーして（笑）。

ハルノ　ほんと晶文社は頑張ってやっていますよ。あと7、8年はかかるでしょうね。

――読者のオジサンたちもそろそろ亡くなっていきますし。

ハルノ　そうなんですよ。それが一番厳しいんですよ（笑）。

（2016年6月27日、吉本家にて）

あとがき

イヤ〜…ヒドイ娘ですね。吉本主義者の方々の、幻想粉砕してますね。

『吉本隆明全集』の月報に、掲載されていたこれらの文章は、当初単発で終わるはずだった。「また機会があったら書きますね」。程度の、ユルイ約束だった。

それが次回も、また次回も——と乞われ、次第に〝足抜け〟できないノルマのように、書き続けてきた。

そりゃ〜父親とのエピソードなんて、数限りなくある。しかしそれを他のテーマの文章の中に、チョロッと忍び込ませるのと、そのエピソードのみを軸に置き、文章を膨らませるのとでは、使うエネルギー値が、まったく違うのだ。

次第に疲弊してきた。

もちろん親子だから、ムカッときたり、これは許せん！ことや、傷ついたこと、ズルイと感じたことだって多々あるのだが、それが通常のご家庭のように、直球ではないのだ。日常のありがちな衝突のすべてが、お互いの存在理由を揺るがしかねない、根幹に関わる問題となり得る。

これ以上書き続けたら、父や母への呪詛を吐き出しそうな気がしてきた（あ、充分吐いてるか）。

それが読みたいのよ――なんて、悪趣味な読者の方も、おられるだろう。しかし考えてみてほしい。ここに書いてあることは、〝事実〟たらんことは心がけたが、あくまでも、私から見た〝事実〟でしかないし、ましてや〝真実〟ではないのだ。

たとえば、ひとつの戦争にしたって、これは侵略だ。という見方もあれば、テロだ。イヤ、自分たちの生存権を死守しようとしているだけだ――と、様々な立場からの〝事実〟があるだろう。

これは娘の——あくまでも長女である、私にとっての一方的な〝事実〟であって、父からしたら、また全然違うだろうし、母や妹から見ても、それぞれ違うだろう。これ以上、一方的な〝事実〟をあげつらっていくことは、死者を貶めているように思えてきた。

モノ言えぬ父を足蹴にし、千枚通しでプスプス刺して、尻まくって蠟燭タラ〜りしているような、罪悪感に耐えられなくなり、まだ笑える内に、切り上げることにした（え？笑えないって？）

しかし何を言おうと、父の圧倒的仕事の質と量、そして何の組織にも属さず、大学教授などの定期収入も、社会的保証もステータスもない中で、家族と猫を養い続けてくれた並はずれたパワー——それは感謝と尊敬以外の何ものでもないし、誇りに思っている。

いつも私のネチネチした絡みに耐え、サンドバッグになってくれた、全集担当の小川一典氏、寛容を絵に描いて額にはめた上、ハンマーでブチ割ったような太田泰弘社長、結果的に、このようなトンデモ本を出せる機会を作ってくれたことに、心より感謝しています。

２０２３年11月　ハルノ宵子

初出

魂の値段『東京商工連盟ニュース』２０２１年6月28日
蜃気楼の地『東京人』２０１５年6月3日（原題・京成電鉄蜃気楼タワー行き）
ハルノ宵子×吉本ばなな 姉妹対談 語り下ろし
ハルノ宵子さんに聞く『続・最後の場所』3号 ２０１６年10月

本書は、弊社が発行する『吉本隆明全集』の月報の連載
（２０１４年3月～ ２０２３年5月）に、右記の4篇を加え、まとめたものです。

ハルノ宵子 はるの・よいこ
1957年東京都生まれ。漫画家・エッセイスト。
父は思想家・詩人の吉本隆明、妹は小説家の吉本ばなな。
おもな著書に『猫だましい』(幻冬舎文庫)、
『それでも猫は出かけていく』(幻冬舎文庫)、
『開店休業』(幻冬舎文庫、吉本隆明との共著)などがある。

隆《りゅう》明《めい》だもの

2023年12月15日　初版
2024年 8 月 5 日　8刷

著者　ハルノ宵子
発行者　株式会社晶文社
〒101-0051東京都千代田区神田神保町1-11
電話 03-3518-4940(代表)・4942(編集)
URL https://www.shobunsha.co.jp

印刷・製本　中央精版印刷株式会社

ISBN978-4-7949-7383-2 Printed in Japan